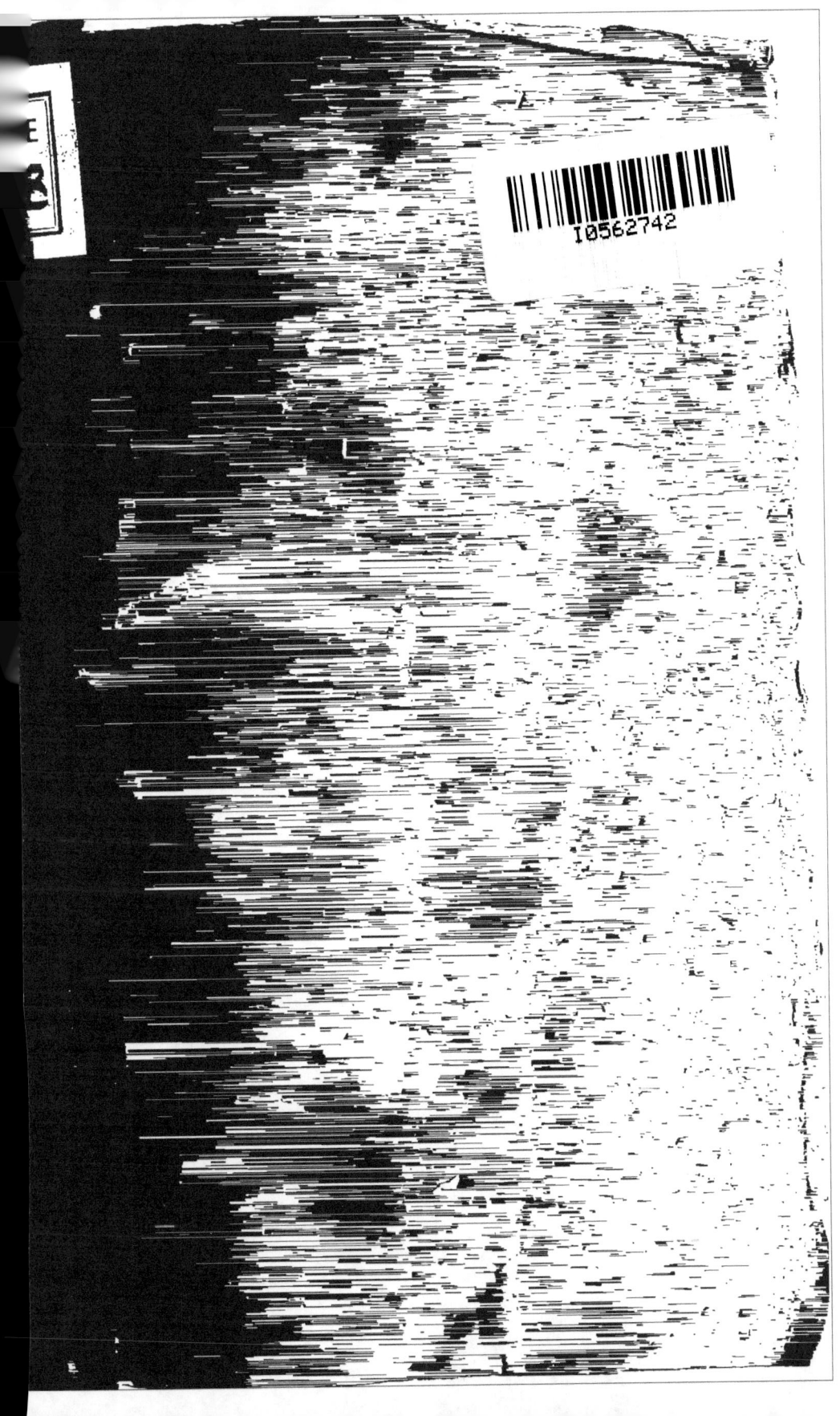

I0562742

BAGATELLES

MORALES.

BAGATELLES
MORALES.

. . . . . . ridentem dicere verum,
Quid vetat ? . . . . . . Horat.

Par M. L'Abbé COYER.

NOUVELLE ÉDITION,

Confidérablement augmentée.

À LONDRES;
Et fe trouvent à Paris,
Chez la Veuve DUCHESNE,
Libraire, rue S. Jacques, au Temple
du Goût.

M. DCC. LXIX.

AVERTISSEMENT.

JE raſſemble dans ce Recueil des Pieces qui ont déja paru : ce ſeroit bien ici le cas d'implorer l'indulgence du Public ; mais elle doit être uſée, depuis que les Auteurs la mettent à de ſi fréquentes épreuves. Quel parti prendre ? Je m'engage, (foi d'Auteur) à le dédommager dans la ſuite par des Ouvrages très-utiles, dont voici les titres : Preuves démonſtratives que le peuple eſt compoſé d'hommes. Procédé ſûr pour faire un citoyen, d'un courtiſan.

Machine politique pour engrener les vertus avec le gouvernement d'un Etat. *Aurai-je assez fait ?*

PIECES

Contenues dans ce Recueil.

Le Siecle préfent ,　　*Page* 1

Découverte de la Pierre Phi-
　lofophale ,　　　　　24

L'Année Merveilleufe ,　　38

La Magie démontrée ,　　55

Plaifir pour le Peuple ,　　78

Lettre à un Grand ,　　　91

Découverte de l'Ifle Frivole, 106

Lettre à une Dame Angloife, 169

Réponfe à la même ,　　187

Differtation fur la différence de
　deux anciennes Religions , la
　Grecque & la Romaine, 197.

Differtation fur le vieux mot de
    Patrie ,   257

Differtation fur la nature du
    Peuple ,   282

Teftament littéraire de M.
    l'Abbé Desfontaines ,   305

BAGATELLES

BAGATELLES MORALES.

DE LA PRÉDICATION.

Epuis que le genre humain s'est formé en grandes sociétés, des hommes ont prêché les hommes : examinons leurs succès. Moïse, à qui nous devons un petit abrégé de ce qui s'est passé avant le déluge, nous indique les prédicateurs de ce premier âge.

Après que Caïn, teint du sang de son frere, eut bâti Hénochia, la premiere ville du monde, & qu'il l'eut peuplée de méchants hommes,

* A

semblables à lui , une race de saints
enfants de Seth se multiplioit aussi
dans la vie champêtre , en gémissant
sur l'iniquité de leurs freres. *Enos* ,
qui venoit de régler le culte public ,
prêcha la race perverse : prédication
sans fruit. *Hénoch* , dans la suite du
temps , espéra plus ; il n'épargna ni
remontrances , ni menaces : zele inutile. Le dernier coup d'œil qu'il
jetta sur les Caïnites , lorsqu'il fut
enlevé dans le ciel , fut un regard
d'affliction & de désespoir.

Le mal qui suivit , étonne bien
plus. Les enfants de Dieu qui gémis-
soient sur les enfants des hommes , ne
purent cependant refuser leur admiration aux villes qu'ils bâtissoient ,
& aux Arts qu'ils inventoient. Ils
virent en même temps , de trop près ,
les recherches industrieuses des com-
modités de la vie , les agréments
du luxe naissant , la liberté dans les
plaisirs ; & les belles filles des impies ,
plus belles que les filles des Saints.
Ils voulurent les avoir pour épouses ,
& avec elles ils épouserent tous les

vices ; en forte que les enfants de Dieu, qui prêchoient les enfants des hommes, devinrent par degrés aussi méchants qu'eux. Ce qui augmenta encore le défordre, ce fut la naiffance d'une multitude de géants, fruits de ces mariages illicites, monftres nés pour les plus grands excès, que les hommes ordinaires s'indignoient de ne pouvoir imiter. Toute chair avoit corrompu fa voie, nous dit l'hiftorien facré ; la terre étoit couverte d'abo-minations, & les regards de Dieu ne tomboient que fur des crimes.

Ce fut alors que commença la pré-dication du Patriarche *Noë*, qui dura cent vingt ans, & le fpectacle des vingt dernieres années devoit don-ner plus de force à fa parole. La chaire d'où il parloit, d'où il tonnoit, étoit une arche qui annonçoit la fub-merfion du genre humain. Le genre humain laiffa prêcher, & il fut fub-mergé.

Celui qui, dans fes lectures, n'eft encore arrivé qu'à cette époque ter-rible de l'hiftoire du monde, doit penfer que fi jamais la terre repeuplée vient à fe corrompre, la prédication fera victorieufe avec les terreurs du déluge. Voyez, malheureux, leur dira Noé, voyez fur cette terre, que vous fouillez de vos crimes, les traces des vengeances du Seigneur; ces gouffres encore entr'ouverts fur le grand abîme, que j'ai vu vomir & retirer fes eaux; ces pluies inconnues avant le déluge, lorfque les cataractes du ciel reftoient fermées; ces torrents qui ont fillonné la terre, & creufé des précipices autour de vous; ces montagnes que les flots ont furpaffées; ces débris de l'arche qui m'a fauvé, moi & ma famille, pour vous donner le jour; ces offements dont vos champs font femés, reftes impurs des prévaricateurs que le Seigneur a punis; & vous ofez les imiter?

Telles devoient être, & plus fortes encore, les exhortations de Noé: mais quel en fut le fruit? Moïfe nous l'apprend. Le Patriarche furvécut trois cents cinquante ans au renouvellement du monde ; il avoit vu ses petits-fils , Nembrod & Assur , fonder les empires de Babylone & de Ninive. Malheureux par sa fécondité même , il laissa la terre , en la quittant , aussi corrompue qu'elle l'étoit , lorsque le souffle de Dieu en avoit exterminé les habitants.

La corruption enfanta de nouveaux crimes au siecle d'Abraham. Les noms de Sodome & de Gomorrhe seront toujours prononcés avec horreur , & on saura en même temps qu'Abraham se livra à tout son zele pour engager les coupables à prévenir cette pluie de feu qui les consuma.

Il paroît que la prédication n'étoit pas plus efficace dans le secret des familles , que dans le public. *Jacob* , dont les douze fils étoient destinés à être les peres de la nation sainte , les chefs des douze tribus d'Israël , les prêchoit sans doute par la parole & par l'exemple, mais , tandis qu'il les exhortoit , Juda se livroit à l'inceste avec Thamar sa belle - fille.

Ruben outrageoit le lit de son pere ;
Joseph étoit vendu par ses freres ,
qui crurent lui faire grace en épar-
gnant son sang.

J'ignore d'où les Poëtes , qui furent les premiers théologiens de tant
de nations , ont tiré leur âge d'or.
S'il fut un âge d'or , l'innocence en
étoit la base , & alors la prédication
eût été superflue : c'étoit peut-être
son sort d'être inutile en tout état
de nature. Les ames honnêtes & sen-
sibles , en se pénétrant de la pureté
originelle de l'âge d'or , reprochent
à l'homme du siecle de fer , d'égorger les animaux qui le vêtent &
le nourrissent. Le tigre qui déchire
le bœuf , n'a pas vécu de ses labeurs ;
le loup qui enleve la brebis du troupeau , n'a jamais bu de son lait ,
ni fait usage de sa toison. L'homme
est devenu le lion de la plaine , le
dévorateur de toute la nature ani-
mée ; & plât au ciel n'eût-on à
lui reprocher , avec le sage de Samos ,
que ces sortes d'excès ! Ce n'étoit
pas assez qu'il osât tremper sa langue

dans le fang des animaux fes bien-
faiceurs, il devoit rire des maux
de fes femblables, & fe baigner dans
leur fang. Nous ne favons que trop
l'époque du fiecle de fer; il commença avec Caïn.

Le temps des Prophetes arriva, &
la prédication prenant un ton convenable aux défordres qui fe multi-
plioient, *Jérémie* éleva la voix : témoin des injuftices, des cruautés,
des impiétés, des facrileges, des
abominations qui infectoient le trône,
le fanctuaire, les grands & les petits : éloquent, infpiré, véhément,
plein de feu, parlant aux Rois &
aux Prêtres du même ton qu'au
peuple, il employa tour-à-tour,
pendant quatre regnes, le pathéti-
que & le terrible. Fit-il des conver-
fions ? Ecoutons-le.

« Eft-ce donc pour me tromper,
» Seigneur, eft-ce pour me tendre
» un piege, que tu m'as chargé dès
» ma jeuneffe de porter ta parole ?
» Je fuis devenu la fable publique,
» & tes infideles ferviteurs n'ont plus

» d'autre occupation, que d'infulter
» tous les jours celui que tu as en-
» voyé. Il y a bien des années que
» je leur parle en ton nom, que
» je m'épuife à les reprendre de
» leurs iniquités, & que je les me-
» nace de la derniere défolation.........
» Non, je ne leur parlerai plus au
» nom du Seigneur, ou juftifie-toi
» en puniffant.

Tous les Prophetes qui ont exercé
la prédication depuis Jérémie jufqu'au Précurfeur du Meffie, ont pu
faire & ont fait les mêmes plaintes.
Ce n'eft pas à nous, vers de terre,
enfants de ténebres, aveugles dans
le livre de vie, à demander pourquoi enfin la lumiere du monde,
le Verbe incarné n'a pas purifié la
terre par le feu de fa parole ; pourquoi, lorfqu'il mourut, les Gentils,
les Juifs même reftoient ce qu'ils
étoient ? Nous favons qu'il envoya
les Apôtres pour prêcher les nations ;
mais nous favons auffi que les nations, au lieu de les écouter, les
firent tous périr, eux & leurs pre-

miers fucceffeurs , les uns par la croix, les autres par le fer ou le feu , & que jufqu'au temps de Conftantin , la prédication fit peu de profélytes.

Encore faut-il bien diftinguer la converfion de l'efprit, de celle du cœur ; l'établiffement d'un nouveau culte , de l'établiffement des mœurs. Cette remarque eft importante pour l'objet de ce difcours , & j'y reviendrai.

Conftantin prévenu & fecondé par la prédication , répandit le chriftianifme dans de grands pays foumis à l'Empire Romain. Clovis le fit recevoir dans les Gaules, Charlemagne en Germanie , Herménigilde en Efpagne , Mieciflaw en Pologne , l'Empereur Bafile en Ruffie, Ethelbert dans la Grande-Bretagne. Beau triomphe pour les hiftoriens eccléfiaftiques ! J'entends Grégoire de Tours qui me dit : « Jetez les yeux » fur les Gaules, & voyez dans les » temples qui s'élèvent de toute part » au vrai Dieu , ces autels, cette

A 5

» croix, ce facrifice, ces facrements,
» ces prieres publiques, ces humi-
» liations, ces marques de péniten-
» ce, cette hiérarchie de Pafteurs
» pour conferver le dépôt de la foi.

Je les vois, mais j'apperçois du
même coup d'œil, des Rois & des
Reines qui, avec la croix fur le front,
ont le crime dans le cœur; un Clovis
qui, avec la croix fur le front,
verfe le fang de cinq Princes fes
parents, pour envahir leurs petits
Etats; un Thiéri qui, avec la croix
fur le front, précipite le Roi Her-
manfroi du haut d'une tour, après
lui avoir ravi fon royaume; un Clo-
domir qui, avec la croix fur le front,
fait égorger le Roi des Bourgui-
gnons dans fa prifon pour n'avoir
plus à le combattre; un Clotaire
qui, avec la croix fur le front,
après une victoire remportée fur fon
fils, le fait brûler, lui & fa famille,
dans une chaumiere où il demandoit grace; une Frédegonde, une
Brunehaut, la honte de leur fexe &
l'horreur du nôtre, avec la croix fur

le front. Je vois dans le même temps
des loix barbares qui viennent prendre la place des loix romaines ; l'éva-
luation de l'honneur des femmes
& de la vie des hommes , à prix
d'argent ; point de crime qu'on ne
puiſſe commettre à la taxe. Tout
fait frémir ſous le joug des Francs
victorieux & convertis : oppreſſion ,
déprédation , deſtruction de villes,
miſere & brigandage. Cette religion
ſi ſainte prêchoit donc inutilement ?
Les choſes n'étoient pas mieux ailleurs. Les peuples changeoient de
religion , mais les mœurs ne changeoient pas , & l'hiſtoire continuoit
à écrire des vices & des crimes.

La prédication , depuis les premiers temps du chriſtianiſme , s'eſt
prodigieuſement multipliée avec le
nombre des fideles , & ſur-tout vers
le onzieme ſiecle. Juſques-là c'étoient
les Evêques, les Curés, qui diſtri-
buoient le pain de la parole. Les
nombreux enfants de S. Dominique ,
de S. François, de S. Bernard , mon-
terent dans les chaires pour n'en

plus defcendre. Long-temps après,
ceux de S. Ignace, qui auroient voulu
les remplir toutes, ont parlé à tout
l'univers; & ce zele de la parole,
loin de diminuer dans notre âge,
femble s'accroître encore. Il y a telle
heure, à tel jour de la femaine,
où cinquante mille prédicateurs,
dans l'étendue de l'Europe, affem-
blent les peuples, & leur difent tout
ce qu'ils veulent; c'eft fur eux que
les Souverains fe repofent de la grande
affaire des mœurs. On remarque, en
lifant l'hiftoire romaine, que le Magiftrat feul parloit au peuple *Jure*
Regali. Au temps de Conftantin, le
Magiftrat fe tut, & le Prêtre parla.
Qu'il parle : mais j'obferverai en
paffant, que fi la prédication pouvoit donner des mœurs, ce ne feroit
pas en la confiant au premier venu.
Ce jeune Cénobite feroit bien mieux
de pouffer fes études dans l'obfcurité du cloître, que de fe produire
au grand jour de l'Apoftolat. Il faut
tant de chofes pour qu'un Orateur,
& fur-tout un Orateur facré, en-

traîne les efprits & les cœurs ! La
maturité, la gravité ne font pas des
qualités fuperflues. Si la prédication
pouvoit donner des vertus, ce ne
feroit pas non plus fous la forme
fymmétrique & agréable qu'elle prend
aujourd'hui. *Beau prédicateur !* avec
votre exorde méthodique, votre
priere d'étiquette, qui vient couper
le fil de mon attention, votre marche compaffée en divifions & fous-
divifions, votre ftyle ajufté & fleuri,
vous n'étonnez point, vous n'échauf-
fez point mon imagination, loin de
brifer mon cœur. C'eft encore pis,
fi, à la face des autels, où l'on
ne doit louer que Dieu & la vertu,
vous venez à complimenter ce Prince,
ce Prélat dont vous captez la faveur.
J'aime mieux cet Apôtre du peuple,
ce Miffionnaire brufque, qui laiffe
échapper des traits de feu, qui lance
des foudres évangéliques, propres
à effrayer le pécheur. Voulez-vous un
modele ? Ecoutez S. Paul prêchant
les Aréopagites, ces hommes fi éclairés & fi délicats, fans employer la
méthode & les fineffes de l'art,

« Athéniens, leur dit-il, je vous
» vois livrés à toutes fortes de fu-
» perſtitions. En parcourant vos
» temples & vos ſimulacres, j'ai vu
» un autel avec cette inſcription,
» *au Dieu inconnu*. Eh bien, ce Dieu
» que vous adorez ſans le connoître,
» je viens vous l'annoncer. C'eſt lui
» qui a fait le monde, & tout ce
» qu'il contient ; vous le cherchez
» bien loin, & il eſt fort près de
» vous. C'eſt dans lui que nous vi-
» vons, que nous agiſſons, que nous
» exiſtons ; & jetant un regard ſur
» l'ignorance qui couvre la terre,
» il annonce à tous les hommes la
» néceſſité de faire pénitence.

C'eſt avec cette éloquence ſimple,
forte & ſublime, que Démoſthene
avoit harangué les citoyens de la
même ville, lorſqu'il vouloit les déterminer à prendre les armes contre
Philippe. « Voyez, Athéniens, où
» vous en êtes réduits, & à quel
» point d'inſolence cet homme eſt
» monté. Il ne vous laiſſe pas le
» choix de l'action ou du repos ;
» il uſe de menaces, il prend un

» ton fier & arrogant , & pendant
» que vous temporilez & que vous
» demeurez tranquilles , il vous en-
» veloppe & vous investit de toutes
» parts. Ne voulez-vous jamais faire
» autre chose , qu'aller par la ville
» vous demander les uns aux autres :
» que dit-on de Philippe ? Est-il
» mort , dit l'un ? Non , il n'est que
» malade , répond l'autre. Mort ou
» malade , que vous importe , puis-
» que s'il n'étoit plus , vous vous
» feriez bientôt un autre Philippe
» par votre mauvaise conduite ?

Démosthene obtint ce qu'il vouloit des Athéniens. S. Paul n'obtint
rien. Les malheureux consentoient à
réformer leur conduite politique ;
mais leurs mœurs , mais faire pénitence, c'étoit un langage qu'ils n'en-
tendoient pas.

Tel a été le sort de la prédication
dans toute l'étendue du christianis-
me, pendant tant de siecles , dans
le dernier même , où elle avoit pris
en France un ton si élevé. Tandis
que Bourdaloue , sur les pas de

Boſſuet , tâchoit d'effrayer les pé-
cheurs avec les armes de la raiſon
& de la foi , on fut obligé d'éri-
ger des tribunaux de juſtice incon-
nus aux âges précédents; l'un, contre
des brigands d'Etat qu'on nommoit
traitants ; l'autre , pour connoître des
poiſons. L'Evêque Maſſillon , prenant une autre route que Bourdaloue & Boſſuet , parla au cœur :
on ſe contenta de l'admirer.

Il eſt fâcheux d'en convenir : la
chaire de vérité n'eſt pas une chaire
de converſion. Les Italiens , les Eſpagnols , les Polonois , qui ſont encore
plus prêchés que nous ne le ſommes ,
ne valent pas mieux que nous , &
les prédicateurs eux-mêmes ne ſe con-
vertiſſent gueres. Si un prédicateur ,
à ſon exorde , penſoit que ſes auditeurs ſeront auſſi corrompus à la
peroraiſon , que feroit-il ? Pour produire ſon talent , il doit continuer
à parler. Si vous me dites que quelques pervers enfin peuvent ſe laiſſer
toucher , combien en voulez-vous ?
Ils ne ſauroient excéder le nombre

des élus ; nombre dont la petiteſſe, ſelon les oracles même de la chaire, effraie le plus juſte. Or, ce qui importe aux empires, c'eſt que la multitude ait des mœurs.

Pour connoître la valeur de la prédication dans lés autres religions, remontons aux ſiecles d'où nous ſommes partis. Pendant que le Judaïſme exhortoit ſans ſuccès les enfants d'Abraham, les Prêtres des autres religions, les *Oſirites* en Egypte, les *Mages* en Perſe, les *Gymnoſophiſtes* dans les Indes, les *Exégetes* en Grece, les *Flamines* en Italie, les *Druides* dans les Gaules, tous les Miniſtres des autels, par toute la terre, étoient enflammés du même zele, & il n'eſt point vraiſemblable qu'ils aient eu plus de ſuccès que les Prophetes & les Lévites. Je ne m'arrêterai pas à prouver que les prédicateurs Mahométans, en Aſie, en Afrique & en Europe, ne doivent pas faire plus de fruits que les nôtres.

J'ai dit, en parlant des ſuccès

que la prédication a toujours cherchés , qu'il falloit bien diftinguer
l'établiffement d'un *culte* , de l'établiffement des *mœurs*. On vient à
bout, avec l'autorité fuprême, d'élever un *autel* : la même autorité ne
peut pas donner une *vertu*. Je voudrois bien favoir par quelle fatalité
il eft arrivé , que la prédication a
eu plus d'énergie pour le mal que
pour le bien, dans toutes les religions? Ne fortons pas de la nôtre.
Les croifades, où cent Princes ont
abîmé leurs Etats, la guerre affreufe
des Albigeois, les maffacres de la
Ligue, & tant d'autres fureurs trop
connues, furent infpirées par la prédication, Qui croiroit, fi l'hiftoire
ne l'atteftoit authentiquement, que
fous Henri I. Roi d'Angleterre, la
prédication mettoit dans le même
rang les cheveux longs & la fodomie ; abfurdité qui pouvoit livrer
à la fureur du peuple quantité d'innocents. Que ne peut-on lui perfuader également les vertus fociales ,
qui feroient une feule famille de
toute l'efpece humaine !

Mais depuis que le temps coule
avec l'iniquité des hommes, il y a
eu des prédicateurs d'une autre efpece, qui, fans vocation, fans être
attachés aux autels, ont prêché les
bonnes mœurs. Sachons s'ils ont
mieux réuffi. Je parle d'abord des
Poëtes, les premiers précepteurs du
genre humain, d'autant plus propres à fe faire écouter, qu'ils affec-
tent toujours un langage divin, *os
divina fonans.* Il ne nous refte rien
des ouvrages d'Orphée, qui chan-
toit fa morale avant le temps des
Prophetes. Mais fi la fable, pour
nous en donner une haute idée,
nous dit qu'il adouciffoit les bêtes
les plus féroces, qu'il fléchit même
l'inflexible Pluton, elle nous apprend
auffi qu'il ne put calmer la fureur
amoureufe des femmes de Thrace,
qui le mirent en pieces, à caufe de
fon indifférence : mauvais pronoftic
pour les Poëtes, qui devoient prêcher la vertu après lui.

Parmi ceux que nous connoiffons,
les uns, tels qu'Homere, Virgile,

Lucain, le Taffe, le Camouens, Milton & l'Auteur de la Henriade, ont prêché en récits héroïques. Lorfque l'*Iliade* parut, la Grece étoit divifée en autant de partis qu'elle contenoit de petits Etats. C'étoient des attaques continuelles, une piraterie toujours renaiffante, des convulfions inteftines, des fecouffes redoublées, qui ébranloient la conftitution générale. *Homere* en prévoyoit les fuites funeftes, il apportoit une morale toute propre à guérir un fi grand mal. Il employa la voix de la raifon, la force des exemples, la majefté du ftyle, la pompe des paroles, les charmes de la poéfie, pour montrer les dangers de la divifion. L'union ne reparut point. Jamais peut-être l'*Iliade* ne fut plus lue, plus goûtée qu'au temps de Périclès ; parce que dans cette période, l'efprit & le goût des Grecs étant montés au plus haut degré, le peuple même fentoit les beautés de la poéfie & de l'éloquence. Je ne m'arrêterai pas à citer cent endroits où Homere, toujours tourné vers son but, peint la discorde sous la forme d'un monstre affamé, qui ne se repaît que de la misere, des cris, des larmes & du sang des peuples. Qu'il nous suffise de savoir, pour l'objet de ce discours, que les Grecs, en chantant les vers d'Homere, en élevant sa poésie & sa morale jusqu'aux cieux, se déchiroient les uns les autres. Corcyre en vouloit à Corinthe, Thebes étoit armé contre Athenes, Mégare contre Sparte ; mais sur-tout Athenes & Sparte, en se jurant une haine immortelle, entraînoient le reste de la Grece dans leur querelle. Qu'il nous suffise de savoir que l'Iliade traduite d'abord & admirée en Egypte, en Perse & dans les Indes, n'y fit point naître la concorde.

Le sage *Virgile*, tout en flattant les Romains dans son Enéide, se proposoit sans doute de ressusciter dans leurs cœurs des vertus qui expiroient. Aussi chante-t-il un héros toujours juste, toujours patient,

toujours courageux, toujours plein
de piété envers les Dieux. C'eſt le
caractere principal dont il le marque : *pius Æneas*. Et pour inſpirer
plus d'horreur de l'irréligion, &
des autres vices qui travailloient à
la chûte de Rome ſous les arcs même
de ſes triomphes, avec quel bruit
affreux, quel appareil terrible n'ou-
vre-t-il pas les enfers ? Dans cet
abîme de tortures, neuf fois plus
profond que la diſtance de la terre
au ciel, il montre aux profanes mor-
tels, des avares qui accumulerent
des richeſſes ſans en faire part à
leurs proches ; des fourbes, qui abu-
ſérent de la confiance de leurs clients
pour les tromper ; des freres, qui ne
voulurent pas ſe réconcilier avec
leurs freres ; des ſujets, qui prirent
les armes contre leurs maîtres ; des
traîtres, qui ont vendu leur patrie
à prix d'argent ; des peres incéſ-
tueux, des enfants parricides ; des
Magiſtrats, qui ont porté ou aboli
des loix par des vues d'intérêt. Il
montre aux impies les audacieux Ti-

tans , qui voulurent escalader le ciel ;
l'orgueilleux Salmonée, qui osa imiter
la foudre de Jupiter , pour se faire
adorer ; l'insolent Tytie , qui fit rougir une Déesse. Chaque crime a son
supplice , au bruit de cette voix
terrible qui crie sans cesse aux coupables , sous les coups des furies ,

Discite justitiam moniti , & non temnere
Divos.

Apprenez à connoître la justice , & à respecter
les Dieux.

Auguste , Tibere , Caligula ,
Néron , les grands de leur cour ,
& cette multitude d'ames corrompues , qui deshonoroient tous les
ordres de l'Empire , furent-ils effrayés
de cette peinture du Tartare ? Chan-
gerent-ils de conduite ? Nullement.
Virgile lui-même étoit-il frappé de
son tableau ? Trois vers de ses Géor-
giques m'en font douter :

Felix qui potuit rerum cognoscere causas ,
Atque metus omnes , & inexorabile fatum
Subjecit pedibus , strepitumque Acherontis
avari.

« Heureux celui qui , connoiffant
» les principes des chofes , fe met
» au deffus de toutes les craintes
» frivoles , de celle même de l'inexo-
» rable mort , & méprife le bruit
» de l'avare Achéron.

Dans le temps que *Lucain* écrivoit
fa *Pharfale* , les Romains tenoient
encore aux fables de religion qu'ils
avoient reçues de leurs Pontifes , aux
aufpices , aux augures , aux fonges,
à la divination , aux oracles. Le
difcours qu'il met dans la bouche
de Caton , qui ne veut pas même
entrer dans le temple de Jupiter
Ammon , que toute la terre alloit
confulter ; ce difcours énergique étoit
bien capable de défabufer les Romains. Le voici tel qu'il fe lit dans
la traduction de Brébeuf , fans égaler
l'original :

Laiffons , laiffons , dit - il , un fecours fi
　　　honteux ,
A ces ames qu'agite un avenir douteux.
Pour être convaincu que la vie eft à plaindre ,
Que c'eft un long combat , dont l'iffue eft à
　　　craindre ,
Qu'une mort glorieufe eft préférable aux fers ,

Je

Je ne confulte point les Dieux ni les Enfers.
Le Ciel met dans nos cœurs tout ce qu'il
  faut connoître.
Nous trouvons Dieu par-tout, par tout il parle
  à tous,
Nous lifons ce qui fait ou détruit fon
  courroux,
Je chacun portera foi ce confeil falutaire,
Si le chanoine des fins ne le borne à fe taire.
Pensez-vous qu'à ce temple un Dieu foit
  borné ?
Qu'il ait dans ces déferts caché la vérité ?
Je veux d'autres fecours à ce Monarque augufte,
Que les cieux, que la terre & que le cœur du
  jufte !

Courage, Lucrin, parlez encore
avec plus de force, s'il eft poffible.
Les Prêtres, les Empereurs, le Sénat
& le peuple continueront à chercher
l'avenir dans les entrailles des animaux, ou dans les oracles ; & bas
de tels aufpices, Rome ira encore
porter les honneurs de la guerre dans
des pays affez malheureux, pour
en être connus.

Je ne dirai qu'un mot de Camoëns.
Les modeles qu'il celebre dans Valco
de Gama, & fes compagnons ; ces
héros du chriftianifme, du commerce

B

& de l'humanité, ont-ils empêché les Espagnols d'être cruels & barbares en Amérique, où leurs mains avares plantoient la croix pour y attacher quiconque ne livroit pas son or ?

Je laisse la prédication du *Tasse*. Les héros qu'il chante, ne sont, aux yeux de la raison, que des brigands marqués d'une croix blanche, qui vendoient leurs biens pour envahir ceux des infideles ; qui abandonnoient leurs femmes pour violer celles des autres ; qui, tout degouttants de sang & se préparant à de nouveaux massacres, se frappoient la poitrine sur le sépulchre du Dieu de paix. Le Tasse pouvoit d'autant moins espérer de faire germer la vertu par son poëme, que dans le temps où il écrivoit, on ne prenoit plus les Croisades que pour ce qu'elles étoient.

On auroit beaucoup à dire sur la *Henriade* : quel sermon ! Qu'on me cite une vertu morale, une vertu avantageuse à la societé, une vraie

vertu qui n'y soit pas mise dans le
jour le plus frappant : valeur, justice,
humanité, générosité, fidélité aux
Loix & au Prince, toutes y sont
en mouvement sous la forme la plus
belle & la plus touchante, & ce
même pinceau si vrai, si fort, peint
avec les traits les plus terribles, les
folies qui perdirent nos peres ; le
fanatisme, par exemple, cette fureur
aveugle & stupide que la raison ne
retient jamais.

Il vient, le fanatisme est son horrible nom :
Enfant dénaturé de la Religion,
Armé pour la défendre, il cherche à la
    détruire,
Et reçu dans son sein, l'embrasse & la
    déchire.
C'est lui qui dans Rabah, sur les bords de
    l'Arnon,
Guidoit les descendants du malheureux
    Ammon,
Quand à Moloc, leur dieu, des meres
    gémissantes
Offroient de leurs enfants les entrailles fu-
    mantes.
Il dicta de Jephté le serment inhumain,
Dans le cœur de sa fille il conduisit sa main.
C'est lui qui, de Calchas ouvrant la bouche
    impie,

Demanda par sa voix la mort d'Iphigénie
France, dans tes forêts il habita long-temps.
A l'affreux Teutatès il offrit ton encens.
Tu n'as pas oublié ces sacrés homicides,
Qu'à tes indignes dieux présentoient tes
    Druides.
Du haut du Capitole il crioit aux Païens :
Frappez, exterminez, déchirez les Chrétiens.
Et lorsqu'au fils de Dieu Rome enfin fut
    soumise,
Du Capitole en cendre, il passa dans l'Eglise ;
Et dans les cœurs chrétiens inspirant ses
    fureurs,
De martyrs qu'ils étoient, les fit persécuteurs.

Il y a quarante ans que ce poëme
nous prêche ; a-t-il fait son impres-
sion ? Ces disputes théologiques où
l'on s'attaque mutuellement avec les
pierres du Sanctuaire, ces cris de
guerre qui voudroient armer le pere
de la nation contre ses enfants, ce
qui vient de se passer dans une grande
ville, où la clameur publique étour-
dissant l'attention de la justice, a
porté un vieillard innocent sur le
bûcher, l'anniversaire de sang qui
se célebre dans la même ville en
action de graces d'un massacre de
religion ; tout cela prouve assez que

le fanatifme agite encore les efprits, que ce monftre feroit encore de grands ravages, fi la fageffe du gouvernement ne l'enchaînoit pas.

Mais de tous les poëtes épiques, celui qui a choifi le plus grand fujet & le plus propre à la prédication, c'eft *Milton*. Son plan eft immenfe ; il embraffe les confeils du créateur & toute la création ; les torrents de lumiefe & de volupté qui couloient pour les Anges, tant qu'ils furent fideles, la mer de feu où leur révolte les précipita, leur rage contre l'homme innocent & heureux dans le jardin d'Eden, leurs efforts pour le perdre, & leur funefte fuccès, les fuites terribles du crime, l'air qui fe couvre de nuages, les vents qui fe déchaînent, les orages qui grondent, les tempêtes qui foulevent la mer, les volcans qui s'allument, la terre qui refufe fes fruits, la guerre qui prépare fes fléaux, la force qui veut décider de tout, la tyrannie qui travaille à fon trône, la faim qui

menace , les maladies qui confu-
ment , & la mort qui ne termine
pas encore cette fcene de douleur
univerfelle , le ciel qui fe ferme , &
l'enfer qui s'ouvre pour des malheureux qui ne naîtront que pour fouffrir , parce qu'ils naîtront d'un pere
coupable.

J'affoiblis Milton : fon poëme,
depuis l'invocation jufqu'à la cataftrophe , eft une prédication fublime
& fombre , un difcours de Dieu
dans un langage de feu , un enthoufiafme facré. Les Anglois commen-
cerent à le lire fous le regne de
Charles II. & c'eft juftement fous
ce regne que la féduction des ri-
cheffes , le luxe & la débauche
firent plus oublier à l'Angleterre la
chute & la punition de l'homme.
Mais ce n'étoit pas une feule nation
qui devoit fe nourrir de cette lecture,
puifqu'elle intéreffe toutes les nations
dans l'affaire la plus générale & la
plus importante. Auffi lifons-nous le
Paradis perdu , avec toute l'Europe;
il frappe , il étonne : mais rend-il

les Européens meilleurs ? oh , non !

D'autres poëtes ont penfé que la morale en action frapperoit plus qu'en récit : effectivement , lire & voir font deux chofes fort différentes. Les repréfentations théatrales entrent par tous les fens pour pénétrer jufqu'à l'ame ; la Grece , en élevant des théatres , voulut donc former des citoyens vertueux dans le fein même du plaifir. Ce fut là l'occupation de la Tragédie ; c'eft à quoi travaillerent Efchyle , Sophocle, Euripide ; ils étudierent les deux plus puiffants refforts du cœur, la *terreur* & la *pitié* ; ils les mirent en œuvre avec cette grandeur & cette fimplicité que la nature révele aux génies qui l'interrogent. Ils effrayerent , ils firent couler des larmes ; mais on ne s'apperçut pas que les loix en fuffent mieux obfervées , lés vertus fociales plus pratiquées , la juftice plus refpectée, la foi mieux gardée. Ce fut dans ce temps - là même que les Athéniens pillerent les contributions de toutes les villes de la Grece ; dépôt facré dans le temple de Delphes, qu'ils employerent à leur propre aggrandiffement & à leur luxe. Ce fut au théatre même que fe prépara la ciguë qui fit périr Socrate. Le touchant *Euripide*, en faifant paffer dans la Tragédie l'excellente morale de ce jufte, & en peignant les hommes tels qu'ils font, les laiffa dans le même état. Le fublime *Sophocle*, que Ciceron appelle le Poëte divin, en les montrant tels qu'ils devoient être, ne les forma pas de ce limon précieux. Le véhément, le terrible *Efchyle*, à la repréfentation de fes *Eumenides*, fit mourir des enfants d'effroi, & avorter des femmes ; mais cet empire paffager qu'il exerçoit fur les fens, il ne l'avoit pas fur les mœurs. Les femmes que la terreur avoit bleffées, n'en furent ni plus chaftes, ni plus attachées à leurs devoirs de meres.

Je ne fais point d'obfervation fur l'effet de la Tragédie parmi les Romains. Les déclamations de *Séne-*

que, qu'on a honorées du nom de Tragédie, n'étoient pas faites pour remuer & changer les cœurs.

Voyons-la chez les nations modernes, où, après un long sommeil, elle s'est réveillée dans toute sa force. Chaque nation vante des chefs-d'œuvre : l'Espagne, ceux de *Lopez de Véga* & de *Guillen de Castro* ; l'Angleterre, ceux de *Shakespear*, d'*Orway*, de *Driden* & d'*Addisson* ; la France, ceux de *Corneille*, de *Racine*, de *Crébillon*. On se dispute la supériorité : il vaudroit bien mieux nous dire, voyez de combien de vices la Tragédie a purgé la terre, & nous montrer les vertus qu'elle a fait naître. La France a même un avantage qui auroit dû produire cet effet; c'est que l'Auteur de *Mérope*, d'*Alzire*, de *l'Orphelin de la Chine*, en introduisant la philosophie sur la scene tragique, sans la refroidir, l'a rendue plus instructive & plus morale : mais qu'arrive-t-il ? Le spectateur qui a pleuré d'attendrissement sur un héros qui s'immole à fon devoir , trahir le fien le même jour , & vit au fein du défordre. O vous , qui par enthoufiafme donnez des larmes à ces généreux citoyens qui fe dévouent dans *le Siege de Calais* , on ne vous demande pas un fi grand facrifice : fauvez feulement de la faim ces malheureux cultivateurs qui expirent fur la charrue qui vous nourrit. La Tragédie ancienne étoit un acte de religion ; il falloit fe purifier avant que de s'y préfenter ; les rigoriftes d'Athenes débitoient même qu'il valoit mieux s'en abftenir , que d'y aller en mauvaifes difpofitions. On faifoit de fon mieux pour la rendre utile aux mœurs.

La Comédie a eu auffi la belle ambition de réformer les hommes : *Ariftophane* , *Ménandre* , *Plaute* , *Térence* , *Wicherley* , *Congreve* , *Moliere* , *Regnard* , ont employé le fel piquant de la plaifanterie , & en cela ils ont rempli tout l'objet de la bonne Comédie , qui n'eft autre chofe qu'une peinture parlante des ridicules d'une nation. Soit, la nation ne fera pas ridicule : aura-t-elle des mœurs ? C'eſt autre choſe : ce ne ſont ni *les femmes ſavantes*, ni *les précieuſes ridicules* qui nuiſent, ce ſont ces femmes hardies qui, par leur rang & leur liberté dans le déſordre, enſeignent à leur ſexe que la pudeur eſt ignoble & baſſe. Ce ſont ces brillantes proſtituées à qui nous pardonnerions peut-être de ruiner les fortunes, ſi elles ne ruinoient pas les ſentiments ; ce ſont ces meres de famille, étrangeres à leur famille ; ce ſont ces marâtres qui font haïr à un pere ſes premiers enfants, & qui le flattent pour le dépouiller : que fais-je ? ces intrigantes qui, en trafiquant de leurs charmes, font monter le vice & l'ignorance aux grandes places pour tout perdre. Qu'avons-nous à craindre des *George Dandin*, des *Malade imaginaire*, des *Miſanthrope*, *des Tuteurs jaloux*, de *l'Ecole des femmes* & de *l'Ecole des maris ?* Mais les fripons, les hommes durs, injuſtes, oppreſ-

B 6

feurs, violents, fanguinaires, per-
fides, fanatiques : voilà les méchants
dont il faudroit purger la fociété.

Quelqu'un a dit qu'une piece de
théatre eft une expérience fur le
cœur humain. Si c'en eft une, elle
reffemble à tant d'autres qui n'ont
pas réuffi ! Ce fiecle qui s'agite pour
s'amufer, comme ceux qui regor-
gent de tout, fe tourmentent à une
bonne table pour réveiller l'appétit
qui les fuit ; ce fiecle a produit un
nouveau genre, qu'on appelle *Comédie larmoyante*. Ce genre, puifqu'il
attendrit, femble tenir aux mœurs
de plus près. Une partie du public
applaudit, l'autre traitant ces Drames
moraux, d'ennuyeux fermons, aime
mieux rire avec *Moliere*, que de
pleurer avec *la Chauffée*. Mais foit
que l'on pleure, ou que l'on rie,
les mœurs ne fe réforment pas. Si
le théatre pouvoit corriger les mœurs
publiques, ce ne feroit pas dans nos
petites falles, qui ne s'ouvrent qu'à
l'argent & à un petit nombre de
fpectateurs. Jamais on ne paya dans

les grands fpectacles d'Athenes &
de l'ancienne Rome : on y voyoit
le peuple en foule, parce qu'il étoit
compté comme une partie effentielle
de la nation. Il faut pourtant l'avouer,
ce n'étoient pas les fpectacles qui le
rendirent bon dans les temps où il
le fut. Corneille, en créant notre
théatre, écrivoit que l'inftruction
théatrale, comme la plus frappante,
devoit être auffi la plus falutaire.
Les vertus de la poftérité n'ont pas
juftifié ce preffentiment.

Cependant il eft beau que des
génies s'agitent en tout fens, pour
donner à l'efpece humaine la vertu
& le bonheur dont elle eft fufcepti-
ble, en attendant que le fuccès
couronne les efforts.

Ce que le théatre n'a pu faire,
la fatyre l'entreprit. Elle employa
tantôt l'ironie, tantôt la véhémence
du ftyle. *Juvenal* croyant l'ironie
trop foible, fe fâcha ; & laiffant la
maniere enjouée d'Horace, il verfa
le fiel à pleine coupe fur les vices
& les vicieux : c'étoit un fermon.

Eh, mon ami! tu peux te fâcher en vers comme en profe, mais tu n'empêcheras pas les *Meſſalines* du temps de fe laſſer, fans fe raſſaſier, les *Locuſtes* de chercher de nouveaux poiſons, l'Avocat *Mathon* de s'enrichir par de faux teſtaments, M. *Regulus* d'exercer fon infame métier de délateur, l'affranchi *Criſpin* de corrompre fon Empereur, & les Patriciens qui mourront, iront, comme auparavant, effrayer les ombres vertueuſes des Camilles, des Fabricius, des Scipions & des Catons. Ce débordement de vices venoit-il, comme Juvenal le penſe, de ce que les Romains ne croyoient plus à l'enfer, pas même les enfants, dit-il, dès qu'ils commençoient à fréquenter les bains publics.

Eſſe aliquos manes, & ſubterranea regna,
Et contum, & ſtygio ranas in gurgite nigras,
Atque unâ tranfire vadum tot millia cymbâ:
Nec pueri credunt, niſi qui nondum ære
*   lavantur.*

Des nations qui croient à l'enfer

aujourd'hui , n'ont pas de meilleures
mœurs , & l'on pourroit dire à l'homme vertueux , que l'on rencontre dans
le chemin de la fortune , ce que ce
fatyrique difoit à un bon citoyen
de Rome :

*Aude aliquid brevibus gyaris & carcere
dignum ,*
              Si vis effe aliquis.

« Ofez être coupable , ofez com-
» mettre quelque grand crime , fi
» vous voulez être quelque chofe ».
   Si Boileau revivoit , il s'applaudiroit encore d'avoir deviné les leçons
que les adorateurs de la fortune donnent à leurs enfants :

Endurcis-toi le cœur, fois arabe , corfaire ,
Injufte , violent , fans foi , double , fauffaire;
Ne va point fottement faire le généreux ;
Engraiffe-toi , mon fils , du fang des mal-
       heureux.

Il s'applaudiroit ; mais s'il écrivoit
pour convertir , il gémiroit , en nous
voyant , fur l'inutilité de fa morale.
   Le fuccès le plus ordinaire des

poëtes fatyriques & comiques , c'eft de faire des hypocrites. Les pères hypocrites ne font peut-être pas auffi haïffables qu'on le penfe ; ils trompent leurs enfants qui peuvent copier la vertu , en regardant le mafque.

Je fais tout ce qu'on dit de la force de la poéfie , fur la nature humaine : c'eft un feu célefte qui échauffe & embrafe l'ame , c'eft un génie qui confume & qui dévore , c'eft une brûlante éloquence , des tranfports fublimes, qui portent leurs raviffements jufqu'au fond des cœurs. On le dit , & il y a quelque chofe de vrai ; mais ces impreffions paffent auffi vîte que les charmes d'un beau concert. *Dracon* avoit compofé un poëme de trois mille vers , intitulé ὑπόθηκαι, dans lequel il donnoit d'excellents préceptes pour la conduite de la vie ; il fentit qu'il falloit toute autre chofe pour détruire le vice dans Athenes.

L'hiftoire plus fimple , plus naturelle , plus vraie que la poéfie , s'eft toujours propofé de corriger les

mœurs par les faits & les réflexions
qui en naissent : a-t-elle frappé au
but ? En continuant à écrire les désordres qui couvrent la terre , elle
nous apprend elle - même l'inutilité
de ses efforts. Tous les peuples , depuis Hérodote jusqu'à nos jours, se
font occupés de ses productions, fort
peu ont embrassé la sagesse ; cette
exception doit par conséquent se
rapporter à quelque autre cause que
nous tâcherons de découvrir.

Si la force de l'instruction avoit
pu répandre les bonnes mœurs , cette
gloire , après la prédication évangélique , paroissoit singuliérement ré-
servée à la *Philosophie.* Le philosophe , pour établir la morale , n'em-
prunte ni les traits de la satyre ,
ni les prestiges du théatre , ni les
foudres de l'éloquence , ni le merveilleux de l'inspiration ; il écarte
tout instrument de surprise , il s'en
tient à la simplicité de la raison ,
il ouvre à tous les yeux le livre de
la nature , qui parle à tous les esprits
une langue intelligible ; il cherche

la fource de la morale dans la conftitution même des chofes; il ne fuppofe rien, il prouve : cette action
nuit-elle à la fociété ? elle eft mauvaife, & il la profcrit : cette autre
lui eft - elle avantageufe ? elle eft
bonne, & il la recommande. C'eft
ainfi qu'il trace une ligne bien mar-
quée entre le vice & la vertu. Il ne
force point la nature ; il permet
d'uier de tous fes dons, fans en
abufer. Ce n'eft pas un homme fans
paffion qu'il veut former, mais un
homme honnête avec des paffions.

Parle-t-il de Dieu ? il fe garde
bien de le donner pour un légifla-
teur arbitraire, qui commande ou
qui défend, fans autre motif que
celui de fe faire obéir. Il ne dit pas :
honorez, aimez votre pere & votre
mere, parce que Dieu l'ordonne ;
mais il dit, Dieu l'ordonne, parce
que fi vous manquez à ce premier
cri de la nature, qui honorerez-
vous, qui aimerez-vous ? Il ne dit
pas, fuyez la violence, parce que
Dieu la défend ; mais il dit, Dieu

la défend , parce qu'avec elle les villes & les campagnes ne feroient bientôt qu'un vaste théatre de trouble , d'horreur & de fang. Il enfeigne avec Ciceron , que la loi n'eft point une invention de l'efprit humain , mais l'expreſſion de la raison générale qui gouverne l'univers ; qu'elle eft univerfelle , éternelle , immuable comme elle ; qu'elle ne varie point felon les lieux & les temps ; que ce qu'elle a permis ou défendu au commencement des chofes , elle le permet ou défend toujours à tous les peuples ; & après avoir défini les vertus & les vices , loin de voir dans Dieu un juge implacable , il y découvre un pere qui punit pour ramener à l'ordre.

Le philofophe ne propofe rien où la raifon ne puiſſe atteindre. Ce n'eft pas la philofophie qui mit en crédit à Memphis, chez les Grecs & dans l'ancienne Rome , les augures , les fonges facrés , les divinations , les myfteres , les prodiges , la génération des Dieux , leur apparition fous la forme humaine : ce furent les religions. Ecoutez Socrate , Platon, Confucius , Ciceron, Séneque, Marc-Aurele , Montaigne , Locke , Addiſſon , la Bruyere ; c'eſt la raiſon même qui diſcourt avec vous , & que vous trouvez dans vous.

Cependant cette ſublime & ſimple philoſophie , ce flambeau de la raiſon même , qui , après s'être éteint dans la Grece , s'eſt rallumé en Italie, en Angleterre , en France pour jeter ſa lumiere juſqu'au fond du Nord : qu'a-t-il produit ſur les mœurs ? Il a diſſipé heureuſement quelques préjugés barbares. On ne caſſe plus les teſtaments qui ne donnent rien à l'Egliſe ; les Egliſes ne ſervent plus d'aſyle aux aſſaſſins ; il n'y a plus de duel judiciaire ; on n'ordonne plus le congrès ; on ne croit plus que Rome puiſſe diſpenſer les ſujets du ferment de fidélité au Prince ; nous n'irons plus ruiner nos familles , & nous faire égorger dans la Paleſtine ; on ne brûle plus de ſorciers , & au dernier Auto-da-fé de Liſ-

bonne, il n'y a point eu de sacri-
fice d'homme : autre observation
dans la même scene, la Cour pen-
sant différemment des Ministres étrangers, n'a pas même assisté au spectacle. Les vues foibles à qui la philosophie fait peur, la voient peut-être
avec quelque satisfaction guérir ces
maladies de l'esprit, & quelques
autres de la même espece, enfan-
tées par l'ignorance ; mais tous les
vices qui peuvent infecter des nations éclairées, subsistent, & leur
poison, en circulant dans toutes les
conditions, depuis la chaumiere
jusqu'à la Cour, s'exalte à mesure
qu'il monte. La Philosophie Stoï-
cienne, dans ses plus grands efforts,
produisit, à la vérité, quelques bons
Empereurs, Trajan, Nerva, Adrien,
les deux Antonins, Julien, & quelques particuliers dans tous les ordres ;
mais elle ne fit rien sur la multitude. Plus lumineuse qu'elle n'étoit
alors, elle travaille aujourd'hui avec
autant d'ardeur à se faire des disci-
ples ; mais de cette fleur de l'es-

pece humaine, on n'en compofera jamais qu'une très-petite république.

Les archives des temps nous montrent donc que la prédication, fous quelque forme qu'on la confidere, dans les leçons des philofophes, dans les exemples de l'hiftoire, dans l'enthoufiafme des poëtes, dans les oracles de la chaire évangélique, dans les préceptes de la Synagogue, dans l'infpiration des Prophetes, dans le zele des Patriarches, dans la bouche de tous les Prédicateurs des nations quelconques, n'a point formé & ne formera point de peuple vertueux. Beau raifonneur, me direz-vous, vous prêchez vous-même : c'eft ma maladie, j'en guérirai peut-être.

Quel fera donc le vrai Prédicateur ? LE GOUVERNEMENT. Quand celui-là aura fait fon devoir, je réponds de tous les autres ; mais il ne fuffit pas de l'énoncer, il faut le prouver.

Deux forces émanées de l'énergie créatrice, la force *centripete* & la force *centrifuge*, ainfi que Képler l'avoit entrevu, & que Newton l'a démontré, ont réglé le monde phyfique. C'eft par elles que toutes les fpheres gravitant les unes fur les autres, attirées vers un centre commun, & repouffées en même temps à la circonférence de leurs orbites, font des révolutions imperturbables d'où réfulte l'harmonie univerfelle. Deux refforts que la prédication n'a pas, & qui font au pouvoir du gouvernement, pourroient auffi arranger le monde moral, autant du moins que la régularité eft compatible avec la liberté. L'une éloigne du vice, c'eft la *punition* ; l'autre pouffe à la vertu, c'eft la *récompenfe*.

Punir. *Noé* menaçoit un monde corrompu du déluge : mais ces hommes pervers ne voyoient pas les cataractes du ciel dans la main du Patriarche. Le gouvernement tient les inftruments du fupplice. Les Prophetes d'Ifraël annonçoient au peuple choifi, lorfqu'il abandonnoit fon Dieu, la ftérilité, la captivité, l'opprobre & la mifere ; mais fi ce peuple , en regardant autour de lui, n'appercevoit que de la profpérité , il s'applaudiffoit dans le défordre ; le gouvernement peut ouvrir le pré-cipice au même inftant qu'on le brave. Les poëtes , dans leurs fables , nous montrent le vice puni ; mais le fcélérat lit dans l'hiftoire , qu'il y a plus de crimes heureux que de vertus récompenfées : le gouver-nement fera ceffer le fcandale quand il voudra. Fuyez le vice , nous di-fent les philofophes , dût-il être im-puni ; fuyez-le , parce qu'il nuit à vos femblables & à vous-mêmes. Un motif fi pur & fi fenfé , n'agit que fur un petit nombre d'ames : le bras du gouvernement pefe fur toutes. Les prédicateurs évangéliques portant leur vue au delà des bornes de la vie préfente , menacent d'une éternité de fupplices ; mais la conduite des auditeurs montre trop que les objets les plus terribles ne font qu'une im-preffion légere dans un lointain obfcur.

Récompenfer.

Récompenfer. C'eft l'autre reffort qui pouffe à la vertu. La philofo- phie qui propofe de l'aimer pour fa beauté même, ou à caufe du bon- heur de la fociété, a toujours fait, & fera toujours très-peu de profé- lytes. Le théatre qui la couronne en repréfentation, la laiffe gémir en réalité. Les religions qui lui ont promis le bonheur & la gloire, au dénouement de la vie, ont toujours parlé à des hommes de chair, plus attachés à la terre qu'au ciel, plus touchés de ce qu'ils voient que de ce qu'ils ne voient pas. La loi de Moïfe, qui lui promettoit des prof- pérités temporelles, l'auroit fait ger- mer dans Ifraël, fi la graiffe de la terre eût toujours été pour le jufte. Je vois dans une campagne, où la mifere étouffe le travail & la fageffe, deux prédicateurs, dont l'un prêche l'argent à la main, l'autre ne dif- tribue que des paroles. Lequel fera le plus de fruit ? Il n'appartient qu'au gouvernement de prêcher com- me le premier.

* C

Voyez l'effet de la récompenſe ſur les talents , & vous conclurez ce qu'elle pourroit pour la vertu. Nous avons en abondance des Peintres , des Sculpteurs , des Muſiciens, des Comédiens : nous cherchons un Citoyen. Dans le temps qu'il y avoit des couronnes pour les vainqueurs des jeux du cirque , il y en avoit encore plus pour ceux qui ſe ſignaloient dans l'amour de la patrie. L'Empereur Galba récompenſa un chanteur ; mais il déclara que cet argent venoit de ſon propre bien. S'il eût été queſtion d'un légionnaire indigent , il eût puiſé , ſans avoir beſoin d'apologie , dans le tréſor de l'Empire. Il faut des diſtinctions à celui qui a de la fortune , & des récompenſes pécuniaires à celui qui travaille pour le néceſſaire. Nous ſavons que le Roi de Pruſſe donne des prix en argent à ceux qui réuſſiſſent le mieux dans la culture des mûriers & des vers à ſoie. C'eſt ainſi que ce Prince, économe dans tous les objets du luxe royal, répand dans le sein de la terre & du commerce.

Ce systême de récompense & de punition, s'est présenté à tous ceux qui ont voulu donner des mœurs aux peuples. L'égalité même, tant vantée par les républiques comme une source de vertus, ne le vaudroit pas. Il n'y a qu'une bonne égalité, dit l'orateur Isocrate; ce n'est pas celle qui fait part des mêmes avantages à tous les citoyens, sans mettre de différence entre les méchants & les gens de bien, mais celle qui récompense & punit chacun selon son mérie.

Xénophon met un discours remarquable dans la bouche de Cyrus. Les hommes, dit ce Prince aux chefs de son armée, ne pratiquent aucune vertu qui ne doive leur être utile, & leur donner une supériorité de bonheur sur les paresseux & les vicieux. Ceux qui se privent des plaisirs présents, n'y renoncent que pour en jouir plus amplement un jour. Ceux qui, par une étude pénible, s'exercent dans l'art oratoire, ne prétendent pas y confacrer toute leur vie ; mais ils fe flattent qu'après s'être acquis de l'importance par le travail, ils goûteront un repos utile & honorâble. Les guerriers auffi ne comptent pas avoir toujours les armes à la main : viendra un temps où ils joindront aux lauriers de la guerre, les doux fruits de la paix.

On alla plus loin dans ce grand confeil de guerre. Cyrus demanda, s'il récompenferoit tout dans le foldat comme dans l'Officier, de même qu'il étoit réfolu à tout punir ? Le confeil fut d'avis que la main qui devoit tout punir, devoit tout récompenfer. Je fuis toujours étonné de la bravoure de nos foldats, quand ils en ont. Les anciens généraux propofoient aux leurs, des avantages après la victoire, les dépouilles des vaincus, des terres, des couronnes, des avancements militaires. C'eft prendre les hommes comme ils font, pour en faire des héros : mais cette regle qui les forme à la guerre,

par la récompenfe & par la punition, il faut l'appliquer aux mœurs
civiles, fi l'on veut avoir des citoyens vertueux.

On a beau faire. Entaffez fyftêmes
fur fyftêmes, traités de morale fur
traités de morale, dogmes fur dogmes ; tant que dans la grande trémie
du gouvernement, on n'engrenera
pas le bonheur & la confidération
avec la vertu, le malheur & l'ignominie avec le vice, on n'aura rien
fait ; & le pays où l'on a plus
béfoin de punition & de récompenfe, eft celui où l'on ne fent plus
l'amour du bien public.

Mais, dit-on, fi la peine & la
récompenfe font les vrais refforts des
mœurs, que devient la beauté de
la vertu ? *Platoniciens*, *Stoïciens*,
Quiétiftes, attachez-vous à cette
belle image, & laiffez faifir le corps
de la vertu par les côtés qu'il préfente au commun des hommes. Vouloir que l'homme foit vertueux fans
un intérêt bien matériel, bien fen-
fible, eft-ce connoître le cœur de

C 3

la multitude ? Caton fe perdoit fous
les ruines de la vertu qu'il embraf-
foit encore : mais il n'y avoit qu'un
Caton.

Le célebre *Galien* , non content
de guérir les corps , imagina une
médecine *morale.* « Que ceux qui
» nient, dit-il , que la différence
» des aliments rend les uns tempé-
» rants , les autres diffolus ; les uns
» chaftes , les autres incontinents ;
» les uns courageux , les autres pol-
» trons ; ceux-ci doux , ceux-là que-
» relleurs ; d'autres modeftes , d'au-
» tres préfomptueux : que ceux ,
» dis-je , qui nient cette vérité, vien-
» nent à moi , qu'ils fuivent mes
» confeils pour le manger & pour
» le boire ; je leur promets qu'ils
» en retireront de grands fecours
» pour la philofophie morale. Ils
» fentiront augmenter les forces de
» leur ame. Ils acquerront plus de
» génie , plus de mémoire , plus
» de prudence , plus de diligence.
» Je leur dirai auffi quelles boif-
» fons , quels vents, quelle tempé-

» rature de l'air , quels pays ils
» doivent éviter ou choisir ».

Sublime docteur , vos lumieres
m'éblouissent : mais il faut que la
vertu habite tous les pays , tous les
climats, toutes les températures d'air,
& qu'elle s'amalgame avec tous les
aliments , tous les régimes. D'ailleurs , comment ameneriez - vous le
genre humain à suivre vos ordonnances ? Laissez , laissez cette grande
médecine , la médecine des mœurs,
au gouvernement.

Quand on parle de mœurs , &
de l'action du gouvernement sur
elles , il faut bien distinguer les
crimes que la justice punit, des
vices qu'elle ne punit pas ; les talents qu'un gouvernement couronne ,
des vertus qu'il laisse dans l'oubli.
Babylone & Sybaris , villes si dé-
criées , punissoient , comme ailleurs,
le vol, le brigandage , le viol, le
poison , l'assassinat : mais un ingrat,
un homme dur & sans foi , un
lâche, un dissipateur , un débau-
ché, un corrupteur de la foi con-
jugale , un Juge qui prévariquoit ,

un oppreſſeur, un grand perdu d'oi-
ſiveté, de dettes & d'injuſtices ;
toutes ces peſtes de la ſociété paſ-
ſoient pour honnêtes gens. De ce
gouffre de corruption, il s'élevoit
peut-être encore quelques vertus ;
mais des vertus ſans conſidération,
ſans récompenſe, périſſoient ſans ſe
reproduire. Les prix ſe donnoient
aux hiſtrions, aux joueurs de flûte,
aux inventeurs de nouveaux ragoûts
& de nouvelles parures, aux arts
de luxe & de volupté. Les Perſes
& les Crotoniates, deux peupes vertueux, firent enfin juſtice de ces
deux villes, qui n'avoient pas voulu
ſe la faire ; elles furent accablées
ſous le poids de leurs vices : un
gouvernement ſage, en leur donnant des vertus, les auroit ſauvées.
Toute autre force ne fera que ſe
traîner avec une lenteur extrême ſur
la réformation des mœurs. Combien
n'a-t-il pas fallu de temps pour perſuader aux tribunaux que c'étoit une
barbarie de brûler des ſorciers qui
ne l'étoient pas ? La marche du gou-

vernement vers le bien, eſt rapide
& ſûre.

Je ſais pourtant qu'il faut ſe
défier des belles ſpéculations, &
qu'elles reſſemblent ſouvent à ces
inventions de méchanique qui, dans
le modele faiſant fort bien leur jeu,
le manquent dans l'exécution. Attribuer au gouvernement le pouvoir de
créer les mœurs, n'eſt-ce point faire
comme Platon dans ſa République,
aller chercher des citoyens dans le
ciel pour peupler la terre ? Eſt-il
poſſible en effet de couvrir de vertus,
de grandes contrées qui renferment,
comme toute autre, les germes de
tous les vices ? C'eſt demander ſi
dans la révolution des gouvernements, il y a eu en effet quelque
peuple vertueux.

Ariſtote nous apprend que dans
la république de Carthage, depuis
ſa fondation juſqu'au temps où il
écrivoit, c'eſt-à-dire, pendant plus
de quatre cents ans, il n'y avoit
eu ni ſédition conſidérable, ni tyran
qui eût opprimé la liberté. Cette

longue tranquillité, ce bonheur con-
ftant fuppofe néceffairement de bonnes mœurs dans ceux qui gouvernent, & dans ceux qui font gou-
vernés. Tout pays où perfonne n'élude
les loix, & n'abufe de la magiftrature, doit être le féjour des vertus.

Platon étoit fans doute inftruit
des inftitutions & des mœurs de
Sparte. Comme Dieu, dit-il, après
avoir achevé le monde, fe réjouit
lorfqu'il le vit tourner, & faire fes
premiers mouvements avec tant de
jufteffe & d'harmonie; ainfi Lycurgue charmé de la grandeur & de
la beauté de fes loix, fentit un re-
doublement de plaifir, quand il les
vit marcher feules, & faire fi par-
faitement leurs fonctions. Plufieurs
fiecles après ce premier branle,
l'étonnement des autres peuples s'ex-
primoit en ces termes: *Les hommes
naiffent vertueux à Sparte, & l'air
même du pays femble infpirer la vertu.*
Lorfque toute la Grece fut corrompue, il y avoit encore des mœurs
à Sparte. Si j'en traçois le tableau,

fi connu d'ailleurs , ce feroit une fatyre des nôtres. Cinq cents ans purent à peine ébranler le bel édifice de Lycurgue.

On fait que Solon , avec des infti-tutions plus douces , donna aux Athéniens un fiecle de vertu ; ce fut celui des Miltiade , des Thé-miftocle , des Ariftide , des Pytha-gore & des Socrate ; ce fut celui de la juftice , de la générofité , de la probité , du refpect pour les loix , du courage & des victoires.

Dans la lifte des nations vertueu-fes , Rome ne doit pas être oubliée. Amateurs des arts , de l'efprit , des talents , de l'urbanité & de l'élé-gance , vantez-nous , tant que vous voudrez , le fiecle d'Augufte ; mais il eft queftion de vertu. Ce beau fiecle , comme il vous plaît de l'ap-peller , reffembloit à ces phofphores qui tirent leur éclat de la corrup-tion qui les compofe : ce fut depuis l'expulfion des Rois , jufqu'à la fe-conde guerre Punique , que la vertu habita dans les deux fexes , & dans

C 6

tous les ordres. Ce fut alors qu'on vit la chasteté dans les mariages, la frugalité dans les repas, la religion du serment, l'équité dans les contrats, la foi dans les traités, le désintéressement, l'amour de la patrie dans les Magistrats, dans les Généraux & dans le peuple. La vertu étoit si naturelle, si commune, que Ciceron, en parlant de Régulus qui, après avoir dissuadé l'échange des prisonniers, retourne à Carthage pour acquitter sa parole dans l'horreur des supplices, dit que c'étoit la vertu du temps, & non de l'homme : *Laus est temporum, non hominis.* Brutus, Valerius Publicola, Curius, Fabricius, Marcellus, les Scipions, & tant d'autres : Quels noms ! quels hommes ! Si tous les citoyens n'avoient pas leurs talents, ils tâchoient du moins d'avoir leurs vertus sociales.

Quoi ! toujours des Romains & des Grecs ? Ne cessera-t-on pas de nous ennuyer de leur sagesse ? Pardon, je croyois, à vos mœurs, que jamais on ne vous en avoit parlé.

Mais j'entends des politiques qui
difent , dun ton plus grave : Rome ,
Athenes, Sparte, Carthage, c'étoient
des républiques. Quoi donc ! la vertu
ne pourroit - elle habiter dans les
Monarchies ? Eh bien , voici des
Monarchies. Ouvrons Hérodote ,
lifons Diodore de Sicile , & nous
verrons que les villes qui vouloient
parvenir à la fageffe , alloient en
prendre des leçons en Egypte , où
les Rois & les Grands donnoient
des exemples , que la multitude auroit rougi de ne pas fuivre.

Les Perfes , fi corrompus fous
Darius , avoient été vertueux fous
plufieurs regnes ; chez eux on apprenoit la vertu , comme ailleurs on
apprenoit la fcience ; on formoit
indiftinctement tous les fujets à la
juftice , à l'humanité , à l'hofpita-
lité , à l'économie , à la fobriété , à
l'obéiffance , à la patience , au courage , feule vraie & belle éducation.
Les vertus militaires avoient pour
bafe les vertus civiles. Ce fut avec
de telles mœurs & de tels hommes

que le grand Cyrus donna des loix depuis le fleuve Indus jusqu'au Tigre, & de la mer Caspienne jusqu'à l'Océan.

Descendons les siecles. La mémoire du grand Alfred sera toujours en vénération dans la grande Bretagne : il trouva son royaume dans l'état le plus déplorable ; le brigandage marchoit tête levée dans toutes les conditions. Alfred tendit les ressorts de son gouvernement, & lorsque la police eut mis sous sa main les grands, les soldats & le peuple, il fit une expérience qui supposoit une réforme prodigieuse ; il suspendit secrettement des bracelets d'or sur un grand chemin, personne n'osa y toucher : ce qu'il exécutoit sur cette partie des mœurs publiques, il l'opéroit sur tout le reste.

Mais fouillons nos propres archives. La France, cette Monarchie si ancienne, ne nous fourniroit-elle pas quelque période de vertu ? Et si c'étoit au temps même de sa barbarie,

l'exemple en seroit plus frappant.
Lorsque Charlemagne parvint au
trône pour commencer une seconde
race, les vices de la premiere, après
une longue fermentation, avoient
jeté dans les mœurs une telle atrocité, que tous les ordres de l'Etat
ne cherchoient qu'à s'entre-détruire.
Ce Prince, légistateur, patriote,
philosophe (car la lumiere philosophique n'étoit pas encore éteinte
pour tout le monde); ce Prince fit
régner la justice & la concorde. Il
n'en seroit pas venu à bout, s'il n'eût
placé des vertus dans ces cœurs barbares; s'il ne les eût attachés au bien
public par l'attrait du bien particulier. Panégyristes de la gloire des
Monarques, je sais, comme vous,
que Charlemagne fut un grand conquérant; je l'oublie pour me sou-
venir seulement qu'il donna des
mœurs à la nation. Son fils, qui ne
savoit être vertueux que pour lui-
même, les laissa perdre.

Il est des gens qui ne croient pas
à la vertu, parce qu'ils ne se soucient

pas d'en avoir ; d'autres qui y croient pour eux - mêmes & pour quelques ames privilégiées, fans y croire pour la multitude. Nous n'avons pas vu ces Egyptiens, ces Perfes, ces Carthaginois, ces Grecs, ces Romains, ces Francs fous Charlemagne, ces Bretons fous Alfred.

L'hiftoire, comme la peinture, embellit à fon gré des objets qui n'exiftent plus. Les paffions, de tout temps les mêmes, ont toujours dû produire la même dépravation. Il y a environ un milliard d'hommes fur la terre : montrez-nous dans la génération préfente un peuple vertueux, & nous entreprendrons de le devenir.

Vous voulez voir un peuple vertueux ? fi on vous le montre, voudrez-vous ouvrir les yeux ? Allez au pied des Alpes, vous trouverez dans une ville floriffante des citoyens laborieux, occupés fans ceffe de l'induftrie, du commerce & des fciences ; des mariages heureux, des peres refpectacles, des enfants fou-

mis, des meres chaftes, des filles
modeftes ; de la propreté fans luxe,
de la frugalité fans avarice ; peu
de procès, la plupart accommodés
par des amis communs, par les
Avocats même & par les Juges ;
point de gibet, on en a rarement
befoin ; une décence extrême dans
le culte ; des Théologiens gens de
lettres ; & par conféquent moins dif-
puteurs. Le philofophe Genevois,
mécontent de fes concitoyens, les
avertit de veiller à leur liberté ; mais
il ne leur a pas reproché la corruption des mœurs.

Vous voulez voir un peuple vertueux ? allez dans une ville immenfe, rivale de Paris. Là, une tribu
remarquable, mêlée avec le peuple
par fes occupations, féparée de lui
par fa religion, l'eft encore plus
par fes mœurs. Les *Quakers*, perfonnages ridicules pour le beau monde,
ne connoiffent ni la crapule, ni la
brutalité, ni la fraude, ni l'injuftice,
ni la violence ; rarement accufés ;
s'ils font cités devant les tribunaux

comme témoins , la juſtice reſpecte leur probité juſqu'à les diſpenſer du ſerment. Dans le commerce qu'ils exercent tous , l'acheteur ne mar-chande point , parce qu'il ſait que le vendeur ne ſurfait point. La loi qui punit les banqueroutiers , ne fut pas faite pour eux. Si par un malheur inévitable , un *Quaker* tom-boit , ſes freres le releveroient. On ne les voit point dans les tumultes , dans les ſéditions populaires. Exclus des charges , des dignités , des honneurs , ils ſavent être heureux dans la modeſtie , dans l'applica-tion à leurs affaires , dans le ſein de leurs familles. Ils ſe ſont fait une vertu que les Rois leur repro-cheront toujours ; c'eſt qu'ils ne veu-lent pas ſe battre. Ils diſent qu'il y a aſſez de lions & de tigres ſans eux ; mais obéiſſant au Prince , ils donnent de l'argent pour alimenter les lions & les tigres. Ce troupeau de moutons , cette *horde* d'honnêtes gens n'eſt qu'un débri , comme on le ſait , de la grande peuplade qui fait fleurir la Penfylvanie. *Guillaume Penn*, vous fûtes un conquérant pacifique & jufte ! Vous quittâtes les délices, les titres & les grandeurs de Londres, pour aller établir le regne de la vertu parmi les fauvages de l'Amérique : fans armes, fans furprife, fans violence, vous achetâtes d'eux votre empire ; vous donnâtes à votre capitale le beau nom de *Philadelphie*, parce qu'elle fut fondée fur la charité fraternelle.

Dira-t-on qu'il n'eft pas fort difficile de donner des mœurs à un petit peuple ? Quelques milliers de *Quakers* dans Londres, la Penfylvanie, Geneve ; tout cela fait une poignée de juftes échappés au naufrage général. Mais une grande nation qui ait des mœurs, & qui les conferve depuis long-temps ; où eft-elle ? on tâchera de l'imiter.

La chronologie de l'Empire Chinois & de fes mœurs, remonte jufqu'à l'Empereur *Hiao*, qui vivoit deux mille quatre cents ans avant notre ére vulgaire, & qui, dans un

regne de quatre-vingts ans, chercha à rendre les hommes éclairés
& heureux. Ne datons, si vous le
voulez, la constitution morale de
la Chine, que des loix de Confucius : il les publioit, il y a deux
mille trois cents ans. Cette nation
est-elle assez ancienne ? L'Empire
Chinois gouverne deux cents millions
de sujets : l'Europe ne compte que
cent millions d'habitants. Cette nation est-elle assez grande ? A présent
rappellons-nous ce que nous avons
lu, ce qu'elle est.

Tous les voyageurs, Anglois,
François, Hollandois, Négocians,
ou Philosophes, les Missionnaires
mêmes, qui, comme les Médecins,
font souvent le mal plus grand qu'il
n'est, afin que la gloire de le guérir
en soit plus grande ; tous nous disent que les Chinois sont d'un caractere doux & traitable : de l'affa-
bilité dans l'air & les manieres,
point de vivacité, point d'empor-
tement, pas même dans les marchés
publics, au milieu de ces embarras

& de ces confufions qui excitent
dans nos contrées des cris fi barbares, avant-coureurs des coups ; qu'au
lieu de cela, on voit des ruftres fe
mettre à genoux, les uns devant
les autres, fe demander pardon de
l'embarras dont chacun s'accufe,
s'aider l'un l'autre, & débarraffer
tout avec tranquillité ; que les Chinois dans leur vengeance, ne pren-
nent jamais de mefures violentes ;
que s'ils fe trouvent armés d'un
bâton, ou de quelque inftrument
de fer, ils l'abandonnent pour fe
battre à coups de poing, dans la
crainte de répandre du fang ; que
les voleurs mêmes ne connoiffent pas
la violence, mais l'artifice ; qu'il
n'eft pas de nation plus laborieufe,
plus induftrieufe, plus fobre ; que
jamais le foleil ne les voit dans
l'inaction. Ceux-ci cultivent, ceux-
là fabriquent, les autres vendent.
Je fais qu'on leur reproche de tromper les étrangers ; c'eft un art, difent-ils, qu'ils ont appris des Européens ; mais dû moins on ne les

accufe pas de fe tromper les uns les autres. Si le peuple eft ainfi, comment doivent être les fpheres fupérieures ? Toutes les relations nous apprennent qu'on ne voit nulle part, en auffi grand nombre, des maîtres plus humains, des Magif-trats plus vigilants, des Juges plus integres, des Grands plus faits pour fervir d'exemple.

Un écrivain qui fe fait admirer, lors même qu'emporté par le feu de fon génie, il s'égare, nous dit : *qu'il n'y a point de vice qui ne do-mine les Chinois, point de crime qui ne leur foit familier* *. Où a-t-il pris ces accufations ? Il y a fans doute encore des vices, encore quelque-fois des crimes dans cette grande nation ; parce qu'enfin les Chinois font hommes. Il y en a fur - tout dans le petit peuple, que les Bonzes infatuent de fuperftitions, & qui

* Difcours qui a remporté le prix à l'Aca-démie de Dijon, & qui feroit couronné dans toutes, fi la vérité n'eft pas néceffaire dans ces fortes de combats.

réfifte aux vertus pures enfeignées par *Confucius* & les Lettrés : mais il refte toujours que la nation Chinoife eft la moins vicieufe de toutes celles que nous connoiffons, que les crimes y font rares, & que les vertus y abondent.

Cette fageffe fi répandue depuis tant de fiecles, peut faire croire à l'ancienne vertu des Egyptiens & des Perfes ; comme la fageffe de quelques petites républiques modernes, peut rendre croyables les mœurs de Sparte, d'Athenes & de Rome.

Dans ce petit nombre de nations, qui fervent d'exemple à la terre, on voit le gouvernement, la punition dans une main, la récompenfe dans l'autre, toujours en action fur toutes les claffes de la fociété. On voit d'un côté des privations, des dégradations, des flétriffures, des peines de toutes les fortes ; & de l'autre, des préfents de la fortune, des diftinctions dans le public, des préféances, des titres, des couronnes, des ftatues. On voit fuir les vices à l'approche de la punition , & les vertus arriver avec la récompenfe.

Il faut donc que la punition & la récompenfe aillent conftamment chercher le vice & la vertu, pour en faire juftice. C'eft cette recherche équitable, conftante & fuivie, qui fait le point de difficulté. S'il n'étoit queftion que d'une petite république, où tout eft rapproché, on conçoit qu'on pourroit la régler comme on regle une famille ; mais s'il s'agit d'un vafte empire, dont les parties font fi diftantes, quel eft le plan pour atteindre ?

C'eft ce plan qu'il faut encore chercher dans l'hiftoire ; parce qu'en partant des faits, on ne rifque pas de rêver des fyftêmes. Si *Defcartes*, voulant découvrir les loix du monde phyfique, eût pris l'expérience pour guide, il eût été le Newton de la France & de tous les pays. Il feroit d'une toute autre importance d'arranger le monde moral par un bon plan ; c'eft ce plan qu'aucun moralifte ne trace. Ils crient tous : donnez
des

des mœurs à la Nation, si vous voulez qu'elle soit heureuse & respectée,
si vous desirez même qu'elle soit
triomphante & glorieuse. Nous le
savons, répond le Gouvernement;
mais plus nous y pensons, plus la
difficulté nous désespere. Ils disent
même : punissez, récompensez. Nous
le savons encore : mais il y a tant de
vices à déraciner, & tant de vertus
à semer, que la vue la plus nette se
trouble dans ce chaos. Le flambeau
de l'Histoire a dissipé bien des ténebres.

Chez les peuples vertueux que j'ai
présentés, en même temps qu'on
voit le Gouvernement occupé sans
cesse à récompenser & à punir, on
apperçoit sa marche pour placer,
sans embarras, la punition & la récompense. C'est par la division &
les sous-divisions de la grande société
en petits corps, dont chacun ait ses
surveillants.

Diodore nous dit qu'en Egypte
tous les citoyens, inscrits dans un
regiftre, étoient à la garde les uns

* D

des autres, & que tout le corps de l'Etat, par une juste distribution, étoit uni contre les méchants.

Les Perses, sous *Cambyse*, étoient partagés en douze tribus. Chaque tribu avoit son Président ; chaque peloton d'hommes, son Inspecteur : & lorsque *Cyrus*, fils de *Cambyse*, eut réuni l'empire de Babylone & des Medes à celui des Perses, étendant le plan de son pere, il parvint à maintenir les mœurs dans sa vaste Monarchie.

Athenes, avant *Solon*, n'avoit point de mœurs. La distribution des citoyens en autant de classes qu'il en falloit pour faciliter à l'Aréopage & aux Archontes l'administration d'une bonne police, établit l'ordre universel. La prophétie d'*Anacharsis* à *Solon*, que ses loix, ressemblantes aux toiles d'araignée, les foibles & les petits s'y prendroient, tandis que les puissants & les riches les romproient : cette prophétie ne s'accomplit que lorsque le Gouvernement, se relâchant, abandonna le plan du législateur.

Les Spartiates n'eurent pas befoin d'une police graduée, parce que, par un prodige qu'on n'a vu que là, & de nos jours au Paraguai, ayant détruit le *tien* & le *mien*, fource intariffable de vices, ils vivoient, comme les abeilles, toujours enfemble, toujours en commun, & autour de leur Roi, qu'ils avoient pour furveillant, avec le public. Ce n'étoit qu'une claffe d'honnêtes gens.

Tout le peuple Romain étoit tous-divifé en curies ou centuries; en forte que chaque centaine d'hommes, mal-gré le grand accroiffement de la Nation, dans les beaux temps de la République, avoit un centurion qui voyoit facilement ce qui méritoit punition ou récompenfe.

Charlemagne, qui recueillit les débris corrompus de l'Empire Romain, fentit la néceffité de divifer un fi grand peuple en un grand nombre de légations ou diftricts, qu'il multiplia dans la proportion convenable au bon ordre qu'il vouloit établir. Ces légations, avant lui,

D 2

étoient confiées à un seul Duc ; il pré-
vit qu'un Magistrat unique à la tête
de chaque province , négligeroit ses
devoirs , ou abuseroit de son autorité.
Il partagea l'administration entre plusieurs Comtes , pour la rendre plus
facile & plus exacte. Il fit plus : des
Officiers choisis dans l'Ordre des Pré-
lats & celui de la Noblesse , qu'on
nomma *Envoyés Royaux* , furent
chargés de visiter chaque légation de
trois mois en trois mois , pour rendre
compte au Prince du bien & du mal.
Dans cette constitution , les mœurs
des particuliers ne pouvoient guere
échapper à la Magistrature , & les
Magistrats étoient observés. Si *Charlemagne* n'eut pas un succès entier ,
c'est qu'il ne prit qu'une partie du
plan.

Alfred poussa plus loin la division
de ses sujets , pour les mettre dans
la regle. La nation fut distribuée en
Comtés ; les Comtés , en tribus de
cent hommes , avec leurs familles ;
& chaque chef de famille répondoit
de la conduite de ses enfants , de ses

domeſtiques , & même de ſes hôtes.
Les dix chefs les plus voiſins for-
moient une eſpece de communauté,
dont les membres répondoient auſſi
l'un pour l'autre. Ainſi chaque in-
dividu ſe trouvoit obligé par ſon
propre intérêt à veiller ſur la conduite
de ſes voiſins , & il garantiſſoit
en quelque ſorte la probité de ſes
communiers. C'eſt ainſi que dans
une armée de cent, de deux cents
mille hommes, en la diviſant d'abord
en brigades , les brigades en régiments, les régiments en bataillons ,
les bataillons en compagnies ; chaque
grand corps ou petit ayant à ſa tête
des Officiers vigilants & ſubordonnés
les uns aux autres , on vient à bout,
malgré la licence des armes, d'établir
une diſcipline qui, aux yeux des
bons juges , fait plus d'honneur à un
Général qu'une victoire , parce
qu'elle eſt elle-même la ſource des
victoires.

Il en eſt de l'établiſſement des
mœurs, comme de la culture des
terres. Donnez de grandes terres à

D 3

un feul, il n'en cultivera que la portion qui rendra le plus aux moindres
frais : partagez-les à mille citoyens,
tout fera cultivé, tout produira. De
même il faut diſtribuer les grandes
fociétés politiques en tant de petits
corps, que chacun fente la main du
Gouvernement par un prépofé immé-
diat ; & on formera d'honnêtes gens.
Nos diviſions en provinces ne font
que géographiques ; en généralités,
elles ne font que fifcales ; en gouvernements, elles ne font que militaires.
Je ne vois rien là pour les mœurs.
Les juridiĉtions même qui paroiſſent
en approcher, qu'operent-elles en
cette partie ? Sans prendre connoiſ-
fance des verus, elles puniſſent les
crimes ; mais les vices fubſiſtent.

Ceſſons de nous étonner des vertus
de la Chine, & des vices de l'Europe.
La Chine, perfuadée que les mœurs
tiennent intimement à l'inſtruĉtion,
n'ouvre point d'autre chemin aux
places, aux dignités, que les lettres.
C'eſt de l'ordre des Lettrés, cet
ordre qui a fi peu d'importance ail-

leurs, qu'on tire tous les Officiers de Juſtice & de Police, tous les Gouverneurs & les Miniſtres. C'eſt donc une affaire capitale de le bien compoſer. Un grand Mandarin, ſorti luimême de ce berceau, aſſemble dans chaque ville de ſa province, tous les Bacheliers, qu'il diviſe en ſix claſſes, toutes examinées rigoureuſement ſur les inſtitutions de l'Empire, & ſur les mœurs. La premiere & la ſeconde reçoivent des récompenſes : la troiſieme n'eſt ni récompenſée ni punie : on punit la quatrieme & la cinquieme, par maniere de correction, parce qu'on eſpere encore quelque choſe d'elle : la derniere eſt rejetée au rang du peuple. Ce peuple obéiroit mal à des gens ſans capacité & ſans mœurs. Les Officiers publics ſont fort multipliés, afin que chacun n'ait pas plus de charge qu'il n'en peut porter. Neuf ordres de Mandarins ſubordonnés les uns aux autres, ſe partagent la police générale ; deux mille quatre cents à la Cour, vingt-deux mille dans les provinces. Chaque

Mandarin supérieur veille à la conduite de ses inférieurs, & il envoie
des notes à la Cour : *C'est un homme
dur, capricieux, inégal, orgueilleux,
téméraire, passionné, avide d'argent,
injuste ;* ou bien, *c'est un homme in-
tegre, ferme sans dureté, bienfaisant,
possédant l'art du gouvernement.* Ces
notes arrivées à Pékin, le Tribunal
suprême marque les récompenses & le
châtiment. Ce n'est pas tout. L'Empereur envoie secrétement dans les
provinces des Censeurs, qui se glis-
sent dans les tribunaux pendant l'audience du Mandarin, ou qui, par les
informations qu'ils tirent du peuple,
s'éclaircissent adroitement de l'administration. S'ils découvrent de l'irré-
gularité dans la conduite des Officiers, ils font voir aussi-tôt les marques
de leur dignité, se déclarent les Envoyés de l'Empereur, & punissent le
coupable. Ces Censeurs, qui se couvrent de la nuit du mystere, sont
toujours crus présents.

En Europe, si on punit le crime,
ce n'est guere que dans le peuple. Le

Gouvernement Chinois frappe également fur toutes les têtes. L'Empereur
Kang-hi, qui régnoit encore en 1727,
vifitant fes provinces, vit dans une
rue un vieillard qui pleuroit : qu'as-
tu, lui dit-il ? J'avois un fils, la confolation de ma vieilleffe ; un Mandarin me l'a enlevé. L'Empereur le
prend en croupe, va chez le Mandarin, lui fait faire fon procès fur le
champ, lui fait trancher la tête, &
donne fa place au vieillard, en lui
difant : Prends garde à ne rien faire
qui puiffe te mettre dans le cas de
fervir d'exemple à ton tour.

En Europe, fi on fe réfout enfin à
punir un homme en place, il femble
que l'on craigne de déshonorer le
Prince, en apprenant au public qu'il
avoit fait un mauvais choix.

A la Chine, la gazette impériale
annonce à tout l'Empire la dépofition
des Mandarins qui gouvernent les
villes ou les provinces : *Celui-ci a perdu
fa place pour avoir été négligent dans
l'expédition des affaires ; celui-là, pour
avoir ignoré les loix & les ufages ; cet*

D 5

autre, *parce qu'il a opprimé ou scan-dalifé le peuple*. Ainfi la gazette, qui n'eft en Europe que l'amufement des gens oififs, fe tourne à la Chine en gardienne des mœurs, en reffort du Gouvernement.

En Europe, les Grands fur-tout, femblables aux dieux corrompus de la fable, paroiffent à couvert de la foudre. A la Chine, s'ils ne répon-dent pas à l'attente du public, ils perdent leurs dignités & leurs reve-nus: on leur accorde feulement, pour fubfifter, une médiocre penfion du tréfor impérial. On en trouveroit mille exemples, fi on vouloit fouiller dans leur hiftoire : qu'un feul fuffife ; il eft moderne & éclatant. Le même Em-pereur dont je viens de parler, appre-nant qu'un Prince de fon fang paffoit fes jours dans l'oifiveté, la molleffe & les amufements frivoles, le déclara déchu de fon titre, de fes honneurs & de fa penfion, jufqu'à ce qu'il profitât de quelques occafions pour réparer fes fautes par quelque action héroïque. Mais tout l'Empire frémit d'une crainte falutaire, lorfqu'il n'épargna pas fon propre fils, le feul fils qu'il eût de fon époufe légitime: on vit avec étonnement l'héritier du trône chargé de fers dans une étroite prifon, & fes Officiers enveloppés dans le même fort.

Mais un Gouvernement qui ne fauroit que punir, rifqueroit de ne faire que des efclaves, qui rongeroient leur frein jufqu'au moment de le rompre.

L'Europe diftribue des graces à la naiffance, au rang, à la faveur, à l'intrigue. La Chine ne connoît que les récompenfes.

Dans la plupart des Etats que nous connoiffons, fi la récompenfe a rrive, fur qui fe repofe-t-elle? fur un Guerrier, fur un Négociateur, fur un Miniftre. Eh quoi! n'eft-il donc que deux ou trois genres de mérite? Un Magiftrat, qui fe refpecte autant que la loi; un Orateur, qui confacre fes talents à la défenfe du foible; un Philofophe, qui délivre fa patrie de quelque préjugé funefte; un Commerçant, qui, avec les lumieres, la bonne foi & le travail, enrichit fa famille & fa nation; un Pafteur, qui, dans la campagne, nourrit de fon étroite fubfiftance les pauvres qu'il inftruit, font-ce-là des hommes à négliger? eft-il indifférent d'en conferver ou d'en multiplier l'efpece? A la Chine, la récompenfe, après avoir parcouru les premiers rangs, va chercher la vertu jufque dans cette claffe d'hommes que nous confondons avec le bétail qui féconde la terre. Un ordre impérial exige de tous les Gouverneurs des villes qu'ils envoient tous les ans à la Cour le nom d'un payfan du diftrict, qui fe diftingue par fon application à l'agriculture, par une conduite irréprochable, par l'union qu'il fait régner dans fa famille, & par la paix qu'il entretient avec fes voifins. L'Empereur l'éleve au degré de Mandarin honoraire, dont il prend l'habit; les honneurs le fuivent jufqu'au tombeau: on lui fait des funérailles convenables à fon rang, & fes titres font infcrits dans la falle de fes ancêtres. Le voilà donc ennobli:

né croiroit-on pas que c'est un guerrier qu'on récompense ? La Chine
connoît peu la guerre ; mais elle sait
qu'elle a toujours besoin de pain. Je
ne dirai pas , avec un Moraliste que
la philantropie entraîne quelquefois
au-delà des bornes : *Laissons subsister
ce préjugé horrible qui place au rang
des vertus l'honneur de répandre le sang
humain.* Puisque l'Etat peut être atta-
qué , c'est sans doute une grande
vertu de le défendre : qu'elle reçoive,
à la bonne heure , les premiers prix ;
mais les autres vertus ont assez de valeur pour être encouragées.

Il n'est pas difficile de prouver
contre *Hobbe* , que l'homme est na-
turellement bon. La nature ne lui a
donné ni cornes pour attaquer, ni
griffes pour déchirer , ni dents pour
dévorer ; sa peau n'est point couverte d'écailles : le paisible agneau ,
par sa toison, est mieux défendu
que lui. Nulle constitution plus dé-
licate ; tout peut le blesser, tout
peut le détruire. Son premier senti-
ment, c'est la crainte ; le second ,

c'eſt la pitié. Seul, parmi les animaux, il fait s'attendrir & pleurer
ſur les maux de ſes ſemblables. Si
Caïn, dans le berceau du monde,
tua ſon frere *Abel*, c'eſt que n'ayant
point d'idée de la mort, il *igno-*
roit ſans doute qu'elle pût réſulter
du coup qu'il porta. Ce qui a rendu
l'homme méchant, c'eſt le ſcandale
univerſel de l'inutilité de la vertu,
& de la proſpérité du vice : il faut
le rappeller à ſa bonté naturelle, en
puniſſant l'un,& récompenſant l'autre.

Le Gouvernement ne connoît pas
ſa force, ou il ne veut pas l'employer. Il a pu transformer en vertus
des atrocités barbares ; le duel en
acte de juſtice, le bûcher de l'In-
quiſition en holocauſte, les Croi-
ſades en héroïſme : aujourd'hui plus
éclairé, loin de détruire la morale,
il l'établiroit par la crainte & l'eſ-
pérance.

Si les vertus tenoient au climat,
ce ſeroit une néceſſité de laiſſer aller
le cours des choſes ; mais la Grece
qui porta tant de grands hommes,

ne produit plus que des efclaves ; le climat eft refté le même , le gouvernement a changé. La Hollande , au contraire , foible , inconnue , fous le joug Efpagnol , n'enfanta plus que des héros fous les étendarts de la liberté ; & de notre temps une province d'Allemagne , qui avoit mis bas les armes au commencement de la derniere guerre , a fu fixer la victoire fous un chef qui l'élevoit au deffus d'elle-même.

Je fais que le Gouvernement trouvera plus de difficulté dans l'ordre civil que dans l'ordre militaire : celui-ci brille avec un petit nombre de vertus , l'harmonie de celui-là réfulte de toutes ; & d'ailleurs il eft plus aifé de difcipliner cent mille hommes , que de former vingt millions de citoyens. Cependant lorfque la République Romaine conçut l'idée de donner des loix au monde , la grandeur du projet ne la rebuta pas. La même machine qui éleve une figure de fix pieds à une hauteur donnée , élevera un coloffe :

celui qui aura le fecret de peupler une ville d'honnêtes gens , en portant fa regle dans les autres , en peuplera un royaume.

Marchons à la conclufion. Après avoir montré , dans les mains du Gouvernement , les deux grands refforts des mœurs , la récompenfe & la punition ; après avoir étudié *dans l'hiftoire* les différents procédés pour les mettre en jeu , oferai-je , en raffemblant ces pieces éparfes , tracer un fi grand plan ? Pourquoi non ? Avant qu'un génie créateur eût conçu le modele du temple que Rome & l'univers admirent , on en avoit crayonné plufieurs qui étoient bien éloignés de cette fublimité , mais qui pourtant en contenoient le germe. Un autre fera mieux que moi.

Suppofons donc une ville auffi grande que *Paris* , auffi corrompue que *Sybaris* ; que le luxe y préfide ; que les arts frivoles y foient dans la plus haute eftime , & les arts utiles dans le mépris ; qu'un verniffeur , un bijoutier , un maître à danfer , y

gagnent plus en un jour, que tous les
laboureurs d'une province ne fau-
roient faire en un mois ; que la pudeur en soit bannie ; que les vierges
n'y desirent un époux que pour s'ouvrir la porte de la licence; que les
mariages y soient outragés par les
deux sexes ;. que les épouses chastes ,
s'il s'en trouve, y gémissent, pendant que les courtisannes y triom-
phent; que la débauche y empoisonne
la source même de l'espece humaine ;
que cette crainte , d'un côté, &
l'excès du luxe, de l'autre, y empêchent les maris riches ou pauvres , de
devenir peres ; que les vieillards y
conservent les désordres de la jeu-
nesse , & que les jeunes gens y vieil-
lissent avant la maturité ; que dans
cette ville il y ait toujours de l'argent
pour les spectacles , la parure & la
table , jamais pour payer des dettes ,
ni pour assister le malheureux ; que
tout y brille sous la soie , l'or & les
pierreries , tandis que les rues & les
temples sont inondés de mendiants ;
que chacun trouve son compte dans

le malheur d'autrui ; qu'on y foit dif-
penfé d'être homme de bien, pourvu
qu'on y foit homme agréable ; qu'on
y plaifante fur tous les vices, qu'on
puiffe même les avoir tous, pourvu
qu'on en fache plaifanter foi-même ;
que toutes les places ne s'y donnent
qu'à la faveur ou à l'argent ; que le
droit même de juger & d'être jugé
s'y vende ; que le tréfor de l'Etat y
foit au pillage ; que le fanctuaire y
foit fouillé ; que la grandeur y foit
vile ; & que le peuple, digne de
ceux qu'il voit au deffus de lui, de-
vienne une pépiniere abondante de
fripons, de voleurs & d'affaffins.
Quelle ville ! quelle capitale ! J'en-
treprends de lui donner des mœurs ;
& fi je réuffis, les provinces, toujours moins corrompues, feront bientôt corrigées.

Je commence par fortifier l'autorité
paternelle, la premiere & la plus
facrée de toutes. C'eft bien celle-là
qui vient de Dieu ; c'eft elle qui gou-
verna les premiers hommes, avant
qu'il y eût des Rois ; c'eft elle qui

fut la bafe & le modele, il y a tant
de fiecles, du Gouvernement Chinois,
lorfque le refte de la terre étoit livré
au caprice des tyrans; c'eft elle que
Romulus mit à la tête de fes loix. Il
lui accorda peut-être trop : il étoit
permis à un pere, non feulement de
mettre en prifon fes enfants, de les
charger de chaînes, de les faire battre
publiquement de verges, de les con-
damner aux travaux de la campagne,
& de les déshériter ; mais encore de
les vendre ou de les faire mourir. Je
permettrois tout, excepté la vente &
la mort. Quand on penfe que c'eft un
pere qui puniroit, on doit peu craindre les excès du châtiment. *Romulus*
étendit peut-être trop la durée de l'autorité paternelle : elle s'exerçoit fur les
enfants, à quelqu'âge, à quelque
dignité qu'ils fuffent parvenus. L'âge
de vingt-cinq ans, celui de l'homme
fait, en pourroit être le terme. Quand
un enfant jufqu'à ce temps a été bien
morigené, s'il s'échappe, il tombe
dans la puiffance des loix : mais voici
une charge pour le pere. Revêtu d'un

fi grand pouvoir, il ne doit pas être furpris, fi, à l'exemple de la Chine, on l'oblige à répondre de la conduite de fes enfants, fous peine d'être puni de leurs mauvaifes mœurs. La loi fuppofe que fi le pere avoit bien élevé fon fils, le crime ne feroit pas arrivé. Et, au pis aller, un innocent puni, par un malheur inévitable dans l'exercice des meilleures loix, empêcheroît cent autres peres de fe rendre coupables.

Un fecond pas, feroit de rétablir l'autorité maritale. On fait ce qu'elle fut au temps des Patriarches. La grande étude des *Sara*, des *Rachel*, étoit de plaire à leurs maris. Ce tendre refpect pour le chef de la famille, les eût maintenues dans le devoir, au défaut de la vertu. Le fexe, dans tout l'Orient, fut long-temps fidele à cette fubordination falutaire ; & les pays de l'Occident qui s'occuperent des mœurs, la placerent dans leurs inftitutions. Dans les premieres loix de Rome, une femme coupable n'avoit point d'autre juge que fon mari, qui affembloit les proches de la femme, & jugeoit la faute avec eux. La fageffe de cette loi fit que pendant plufieurs fiecles, il n'y eut dans les tribunaux aucune plainte contre les femmes ; nul procès d'adultere, pas même de divorce. Ce ne fut qu'après la premiere guerre punique que *Spulius Carvilius* demanda à répudier fa femme ; ce qui étonna & fcandalifa le public. Athenes avoit un Magiftrat particulier qui veilloit fur la conduite des femmes : le vrai Magiftrat, le Magiftrat de la nature, c'eft le mari. Un Philofophe de nos jours, à qui on a reproché bien des paradoxes, y a mêlé bien des vérités, fur lefquelles nous fermons les yeux : *Le fexe*, dit-il, *hors d'état de prendre notre maniere de vivre, trop pénible pour lui, nous force de prendre la fienne, trop molle pour nous.* Ce renverfement d'ordre, cet afcendant d'un fexe fait pour être conduit, commence dans les familles, & s'étend dans le public, qu'il corrompt. Ce font les femmes qui font les réputations des hommes. De-là, dans ce qu'on appelle *bonne compagnie*, tant de gens aimables, & si peu d'honnêtes gens. L'Asie a des serrails, où les épouses sont nécessairement dans l'ordre : l'Europe les laisse dans la société. Qu'elles y restent ; mais appliquées, mais contenues, mais décentes. *Décentes !* où en seroit-on, si les époux étoient réduits à se contenter de la décence ? & si elles avoient totalement oublié qu'elles doivent être les gardiennes des mœurs, & les liens de la paix, il faudroit absolument que l'autorité les ramenât. Une femme, éclairée sans cesse par les yeux d'un mari, qu'elle force à devenir maître, & qui peut la punir, tâcheroit de gagner son cœur, en se renfermant dans le sein de sa famille ; & alors l'éducation des enfants, le service domestique, l'économie, la concorde, le bien commun, tout prospéreroit.

Un troisieme pas, seroit d'augmenter aussi l'autorité des maîtres sur les domestiques. Il est bien étonnant

que les Grecs & les Romains, avec
tant de lumieres & d'humanité, aient
eu, comme les Barbares, des efclaves au lieu de domeſtiques. Il l'eſt
peut-être encore plus que des nations chrétiennes, avec un Evangile
de fraternité, condamnent leurs freres
dans les Colonies à toutes les horreurs
de l'eſclavage, parce qu'ils ſont *noirs.*
Le premier homme qui dit à un autre
homme : *tu feras mon eſclave, car je*
fuis le plus fort, devoit avoir l'ame
d'un tigre : mais le premier qui dit
à un autre homme : *fans bien, comme*
tu.l'es, fi tu veux recevoir de moi ta
fubfiftance, tu feras mon domeftique ;
celui-là fit un contrat utile à tous
deux. Mais ce contrat, par le relâ-
chement de la difcipline domeftique,
eft devenu plus onéreux aux maîtres
qu'aux ferviteurs. Cette claſſe d'hommes qui abandonne les terres, qui
fuit la milice pour l'oifiveté des anti-
chambres, où elle fe corrompt tous
les jours davantage, ne fait pas
même obéir à ceux qui lui donnent
du pain. On leur paſſe la négligence

& le libertinage ; mais on eft révolté
de l'infolence. Congédiez-les , dit-
on. Fort bien : mais en trouvera-t-on
de meilleurs ? Ce flux & reflux conti-
nuel de nouveaux domeftiques dans
toutes les maifons , excepté dans
celles où ils peuvent ruiner des diffi-
pateurs , ne prouve-t-il pas qu'il y a
très-peu de choix ? D'ailleurs fi les
congédiés ne trouvent pas à fe repla-
cer , accoutumés comme ils font à la
pareffe , & en quelque forte à l'indé-
pendance, fans métier, fans reffource,
que deviendront-ils ? les fentences de
mort nous l'apprennent trop fouvent.
Le maître avoit perdu fon domeftique ; l'Etat perd un homme. Quel
remede ? le voici. Un Capitaine engage un foldat pour la vie , ou du
moins pour fix ans ; & fi le foldat fort
de fon devoir, la difcipline militaire
fait l'y faire rentrer. Ce foldat cependant s'expofe à tous les travaux, à
tous les dangers , à la mort même ,
pour cinq fous par jour ; tandis que
le domeftique gagne par an ce qui
fait la retraite d'un ancien Officier.
Que

Que le maître ait donc fur fon domeftique une partie au moins de l'autorité que le Capitaine a fur fon foldat. Que l'engagement foit pour un
temps marqué, fans ôter au maître
la liberté de le renvoyer à volonté.
Que le maître, s'il veut le garder,
dans l'efpérance de le corriger, foit
cru fur fa parole, pour la peine de
la prifon, ou telle autre qui convien-
dra. Mais comme il ne faut pas que
le fervice manque, qu'il y ait un dépôt bien policé de domeftiques fans
condition, & que ceux-ci remplacent
dans l'intervalle ceux que l'on punit,
payés fur leurs gages. On fent que
cette partie de l'ordre public, fi néceffaire au repos des maifons, demande un Magiftrat particulier.
Maîtres, qui ne l'êtes pas, & qui
vous plaignez tous les jours de vos
domeftiques, vous en auriez bientôt
de meilleurs.

Les domeftiques, les enfants, les
meres ayant des mœurs, il eft queftion d'en donner aux chefs de famille,
à tant d'honnêtes gens qui ne font pas

* E

gens de bien. Je compte les maiſons
qui compoſent la ville que je veux
réformer. Germain Brice n'en comp‑
toit que vingt-quatre mille dans Pa‑
ris ; il y en aura, ſi vous voulez,
dans ma *Sybaris*, cent, deux cents
mille : le nombre ne m'effraie point.
J'affiche un numéro à chaque maiſon,
avec le tableau des habitants qu'elle
renferme, & leur profeſſion, s'ils en
ont une. Combien de gens d'abord
rougiroient de n'en point avoir ! On
veut bien être inutile à l'Etat, mais
on craint d'être connu pour tel.

Sur dix maiſons j'établis un Cen‑
ſeur ; & les douze Cenſeurs les plus
voiſins formeront un tribunal, où
l'on connoîtra des vertus & des vices:
mais les Cenſeurs eux-mêmes, diviſés
par centaines, auront des ſurveillants
qui reſſortirent à un tribunal ſuprême.

Cet ordre de Cenſure ſera diſtingué
des tribunaux de juſtice. Il ne con‑
noîtra ni des propriétés dans le civil,
ni des délits dans le criminel. Il aura
pour objet les vices que la juſtice ne
punit pas, & les vertus qu'elle laiſſe

fans récompenfe. Il eft vrai que la
Cenfure bien exercée préviendra beaucoup de procès, beaucoup de crimes,
& qu'il faudra peut-être renverfer les
gibets, les échafauds : c'eft ce que
la juftice doit fouhaiter le plus.

Cet ordre de Cenfure fera également diftingué du miniftere politique.
La guerre, la marine, les négociations, les finances conferveront, fi
l'on veut, leur conftitution : mais
toutes ces grandes branches du Gouvernement feront bien plus floriffantes,
fi la nation a des mœurs.

Cet ordre de Cenfure aura des objets tout différents de ceux de la Police. Que demande-t-on à la Police?
Si la fange n'empêche pas le commerce d'un quartier à l'autre ; fi le
peuple eft moins écrafé que de cou-
tume par les équipages des riches ; fi
des nuits font éclairées ; fi les lieux de
débauche font paifibles ; fi les tumultes populaires font rares ; fi les
vols, les meurtres, les affaffinats font
moins fréquents, on la loue avec
juftice de fon adminiftration : mais

qu'il y a loin de cet état à celui des bonnes mœurs! Avec cette police, la corruption infecte toutes les maisons, & se montre dans le public.

La Censure, sous différentes dénominations, eut le secret de l'arrêter dans tous les Gouvernements qui cherchèrent la vertu. Ce ne fut pas Rome seule qui eut des Censeurs : les vieillards chez les Perses, les Ephores à Sparte, les gardiens des mœurs à Athenes, les Envoyés Royaux sous *Charlemagne*, les Chefs des communautés sous *Alfred*, furent l'effroi des méchants ; & aujourd'hui, dans l'Empire de la Chine, des milliers de Mandarins, soumis eux-mêmes à la grande Censure des Envoyés Impériaux, veillent, non seulement sur les crimes, mais encor plus sur les vices, qui préparent les crimes.

La constitution que je présente, présuppose, pour faciliter, pour accélérer le bien, une bonne éducation publique. Ce ne sera pas celle d'*Emile*, qui, fût-elle irrépréhensible & praticable, n'est & ne peut être

que particuliere : ce ne fera pas non
plus celle qui eſt établie dans nos
colleges, contre laquelle le cri public dépoſe : ce fera celle qui réſul-
tera des idées de *Locke*, de *Montagne*,
de *Plutarque*, de *Xénophon*, de *Platon* ; celle où l'on apprendra les
choſes avant les langues, ſouvent fort
inutiles à ceux qui les apprennent ;
celle qui, au lieu d'être la même
pour tous, ſéparant les claſſés ſelon
les beſoins de l'Etat, formera, par
des exercices appropriés, des ſujets
pour les arts, pour le commerce,
pour la guerre, pour la juriſprudence, pour les négociations, pour
les autels ; celle où il n'y aura rien de
commun que la religion & la pra-
tique de la juſtice. Nous avons aſſez
de plumes qui n'attendent que le
ſignal du Prince, pour travailler à
un corps d'inſtitutions : mais les fruits
qui en naîtroient, ſe corromproient
bien vîte, s'ils n'étoient conſervés par
les ſoins du Gouvernement, & ſur-
tout par la cenſure. Dans l'éducation,
telle qu'elle eſt aujourd'hui, on voit

E 3

enfin quelques adolefcents heureufe-
ment nés , tout promettre & ne rien
tenir , en marchant à la virilité. Il
faut foutenir l'homme dans le chemin
efcarpé de la vertu.

Voulez-vous effayer le pouvoir de
la Cenfure dans l'ordre le plus difficile
à réprimer , la *Nobleſſe* ? il y a dans ce
corps des Seigneuries , des prérogati-
ves , des titres , des dignités , des honneurs , des commandements : tous ces
avantages de fplendeur & de force ,
mérités par les aïeux , font à leur poftérité un rempart dans le vice. En Europe , où depuis tant de fiecles il eſt
établi de faire couler la nobleſſe avec
le fang , quelque corrompu qu'il foit ,
on ne peut pas propofer le remede de
la Chine , où la nobleſſe eſt purement
perfonnelle , de plus , amiſſible : de
cette pofition peuvent naître beaucoup de vertus ; l'humanité , en particulier. Pourquoi la Nobleſſe en Europe traite-t-elle le peuple avec tant
de hauteur & de dureté ? c'eſt qu'un
Noble ne fera jamais confondu avec
lui. Pourquoi les Chinois , les Turcs

font-ils généralement plus humains, plus hofpitaliers que nous? C'eft que dans ces pays le cedre peut fe changer en hyffope: chacun fe dit à foi-même je puis être demain ce qu'eft aujour-d'hui le malheureux que j'affifte. Sans doute il eft plus commode de refter noble, fans être vertueux.

Mais enfin on fait que des nations fages ont mis dans leur conftitution une nobleffe héréditaire. Il y avoit à Rome des *Chevaliers* & des *Patriciens:* mais Rome, qui vouloit auffi la nobleffe de l'ame, les foumit à la Cenfure. Quand les Cenfeurs faifoient la revue des mœurs, la vertu feule étoit tranquille, à l'afpect de leur tribunal. *Scipion Nafica* & *M. Popilius*, en cenfurant l'ordre Equeftre, dégraderent plufieurs Chevaliers, dont la molleffe fcandalifoit une nation qui vouloit arriver à la gloire par les travaux. La dégradation fut entiere : ils ne leur laifferent d'autres droits de citoyens que celui de payer les tributs. Si la conduite d'un Chevalier ne méritoit pas un châtiment fi févere, les Cenfeurs fe contentoient de lui ôter le cheval que la République lui entretenoit : la honte d'être repris publiquement, étoit la plus grande peine. Nulle place, nul rang, nulle dignité ne pouvoit fe fouftraire à la Cenfure. Le Tribun *Duronius*, trop livré aux plaifirs de la table, s'oppofa à une loi de frugalité ; il fut chaffé du Sénat. Huit autres Sénateurs fubirent le même fort, fous la Cenfure de *Fabius*, pour avoir propofé d'abandonner l'Italie, après la malheureufe journée de Cannes : *Fabius* ne crut pas que des lâches duffent refter à la tête d'un peuple courageux. Le Confulat & la Dictature même ne mettoient pas à couvert de l'animadverfion des Cenfeurs. *Fabricius* retrancha du Sénat *Cornelius Rufinus*, qui avoit été deux fois Conful, & une fois Dictateur, parce qu'il avoit une vaiffelle d'argent du poids de dix livres : c'étoit un exemple de luxe, dans un temps où la pauvreté étoit la mere des vertus.

Rien n'empêche de foumettre à la

Cenfure la Nobleffe moderne de l'Europe, comme l'ancienne y fut fou-
mife. Venife nous dira que fes Inqui-
fiteurs, qui ne font autre chofe que
des Cenfeurs d'Etat, établis principalement pour contenir la Nobleffe,
la contiennent effectivement dans
l'égalité civile, dans la modération,
dans la juftice, dans la foumiffion
à toutes les loix, aux loix même
fomptuaires, qui mortifient tant la
vanité des grands & des riches, qu'ils
l'empêchent de fcandalifer, d'opprimer le peuple, tandis qu'ils garantif-
fent les nobles eux-mêmes de tomber
au pouvoir d'un feul. Entrerai-je dans
les détails d'une Cenfure de la Nobleffe dans un Etat monarchique?
C'eft la Cenfure elle-même qui les
trouveroit, qui les emploieroit, en
fe mefurant avec le génie national:
mais, à ne confidérer l'inftitution
que fommairement, il eft clair que
les mêmes chofes qui fervent à récompenfer la Nobleffe, ferviroient à la
punir. Ces penfions, ces grades honorifiques, ces places, ces comman-

demens, ces gouvernemens, ces dignités, ces ordres de décoration, ces honneurs des Cours, tous ces avantages, qui ne doivent être accordés qu'au mérite, ne doivent pas rester au démérite. L'espérance de les obtenir fit marcher la Noblesse à la vertu ; la crainte de les perdre la soutiendroit dans la carriere : plus elle est sensible à l'honneur, plus la Censure auroit de pouvoir. Elle lui donneroit même les idées justes du véritable honneur; elle lui apprendroit, par exemple, que l'honneur du *duel* est le dernier degré de brutalité où l'homme puisse parvenir; elle arrêteroit cette frénésie, non en menaçant de la mort des gens qui sont faits pour braver la mort, mais en chassant du service des gladiateurs qui se battent contre le bien du service, en brisant des épées qu'ils auroient employées à un mauvais usage. Quel est le fou qui voudroit se battre pour être déshonoré, en perdant son état sans retour ?

La Censure Romaine, sévere pour

la Noblesse, n'épargnoit pas le peuple. Parmi ces Plébéiens divisés par tribus, s'il s'en trouvoit qui, par leur débauche ou leur paresse, tomboient dans l'indigence, elle les réduisoit dans une classe inférieure, les privoit du droit de suffrage, qui leur étoit si précieux, ou leur infligeoit d'autres peines, selon l'exigence des cas. Les conjonctures les plus désespérées, où l'on se croit obligé de flatter le vice, parce qu'on a besoin de tout, loin de ralentir l'activité de la Censure, lui donnoit plus de ressort. Annibal étoit aux portes de Rome, jamais la Censure ne fut plus redoutable, parce qu'il n'y avoit que le comble de la vertu, qui pût soutenir Rome au comble du malheur.

Il ne seroit pas difficile, avec un ordre de Censure, d'imaginer des châtiments convenables à toutes les conditions & à tous les Gouvernements. La *honte*, ce ressort si précieux, s'il étoit bien ménagé, en fourniroit un grand nombre. Qui ne sait pas que le Philosophe-législateur

E 6

Charondas, en raffemblant les reftes impurs de *Sybaris*, pour en faire d'honnêtes gens, faifoit promener dans fa nouvelle ville les calomnia-teurs couronnés de bruyere, & les déferteurs, auffi-bien que les lâches, en habit de femme ; ignominie à la-quelle la plupart ne purent furvivre, & qu'on redouta plus que la mort. Les bourreaux n'auroient pu produire fur les mœurs un fi bon effet.

Combien d'autres peines, qui naî-troient des biens mêmes que toutes les conditions trouvent dans l'Etat! Toutes les places amovibles portent avec elles la crainte de les perdre. Toutes les charges ont des préroga-tives dont on pourroit priver celui qui exerce mal, s'il n'eft pas encore affez coupable pour être dépouillé. Les rentiers, qui ne font que con-fommer, fans rien produire, fans rendre aucun fervice à l'Etat, pour-roient être plus chargés dans les taxes publiques. Les commerçants, les ar-tifans d'une conduite déréglée fe-roient foumis à des peines pécuniaires, qui tourneroient au profit de ceux qui commenceroient leur établiffement dans les mêmes claffes. La populace, qui n'a que fon corps pour répondre de fes actions, feroit châtiée par le corps. Un voyageur a écrit que le *bâton* gouverne la Chine. Cela eft vrai, pour la canaille ; & cette pratique réuffit auffi en Allemagne pour le foldat, dont on loue la difcipline.

La marche de la Cenfure & celle de la loi different confidérablement. La loi, en puniffant les crimes, les voit toujours du même œil, & les perce du même glaive, fans obferver les gradations dans les fupplices, comme il y en a dans les crimes. La Cenfure, en pourfuivant les vices, fe plie adroitement au lieu, au temps, aux circonftances, aux paffions des méchants qu'elle veut corriger. On eft étonné, on eft prefque révolté, quand on lit la condamnation de l'*enfant* d'Athenes, qui crevoit les yeux à des cailles, & celle de l'*Aréopagite*, qui tua un moineau réfugié

dans fon fein pour éviter l'épervier.
La loi n'avoit rien à dire ; mais
les gardiens des mœurs prévoyoient
que cette inclination fanguinaire
pourroit un jour devenir funefte aux
citoyens.

La loi ne fait que punir : la Cenfure préfenteroit au Gouvernement
ceux qu'il faut récompenfer ; & les
récompenfes peuvent fe varier à l'in-
fini , comme les châtiments. La
Grece & l'Italie , avec des couronnes
d'ache, de chêne, de laurier, d'or;
avec des préféances au théatre , des
tableaux , des ftatues , des ovations ,
des triomphes , des diftributions
d'argent, de bled , de terres, for-
moient un bon peuple & des héros.
La Chine aujourd'hui , avec des
écharpes de toute couleur, des figures d'oifeaux attachées au bonnet ,
des titres d'honneur qu'on affiche à
la maifon de celui qui les a mérités ,
& des honneurs funéraires , fait germer les vertus morales & les talents.
Il eft en Europe une nation qui propofe de grands prix à tous les inven-

teurs de chofes utiles ; qui paie l'ex-
portation du bled, qu'on a bien de
la peine à permettre ailleurs ; qui
donne à fa marine toute forte d'en-
couragements ; qui ouvre à tous les
citoyens indifféremment la porte des
grands titres, des grandes places ;
qui multiplie les exemples des parvenus, afin d'échauffer tous les
cœurs ; qui confacre des monuments
à fes grands hommes dans les édifices
publics & dans le tombeau de fes
Rois ; qui, fachant punir avec force,
fait récompenfer avec magnificence.
Si cette nation perfévere dans de telles
inftitutions, il eft à craindre qu'elle
n'empêche les autres de laver leurs
mains dans la mer, & qu'elle n'arrive
à l'Empire univerfel du nouveau
monde, à moins qu'elle n'y foit
vaincue par fes propres forces. Elle
a placé dans un jardin public, em-
belli par la nature, & animé par la
mufique, la danfe & la table ; elle
y a placé de grands tableaux, où la
Victoire couronne les Amiraux, les
Généraux qui l'ont mérité dans la

derniere guerre. Qui fait combien ces tableaux coûteront aux autres peuples? C'eſt enflammer le courage au ſein de l'amuſement. Mais comme les Etats ont autant & plus beſoin des vertus civiles & morales que des vertus guer‑ rieres, & que même, ſans les pre‑ mieres, il n'y a jamais eu & il n'y aura jamais de grands hommes, n'at‑ tendons le bien complet que de la Cenſure.

L'oracle moderne des légiſlateurs à venir a reconnu, dans l'*Eſprit des Loix*, l'importance & la force de la Cen‑ ſure : il dit que " ce ne ſont pas ſeule‑
» ment les crimes qui détruiſent la
» vertu, mais encore les négligences,
» les fautes, une certaine tiédeur
» dans l'amour de la patrie, des
» exemples dangereux, des ſemences
» de corruption ; que tout cela doit
» être corrigé par les Cenſeurs ; que
» la plus importante de toutes les
» loix, ce ſont les mœurs ; que plus
» d'Etats ont péri parce qu'on avoit
» violé les mœurs, que parce qu'on
» avoit violé les loix ; qu'il faut

” empêcher les vices de se tourner
” en crimes ; qu'il est bien plus beau
” de prévenir les forfaits que de les
” punir, & que c'est le devoir de la
” Censure. Il ajoute qu'à Sparte les
” *Ephores* savoient mortifier les foi-
” blesses des Rois, celles des grands,
” & celles du peuple ; que l'Aréo-
” page d'Athenes étoit soumis lui-
” même à la Censure ; qu'à Rome,
” sous les Empereurs, on fit beau-
” coup de nouvelles loix dont la Ré-
” publique n'avoit pas besoin, parce
” que les Censeurs corrigeoient les
” désordres aussi-tôt qu'ils nais-
” soient. ”

Cependant, après cet hommage
rendu à la Censure, il décide que
“ dans les Monarchies il ne faut point
” de Censeurs. La raison qu'il en
” donne, c'est qu'elles sont fondées
” sur l'*honneur*, & que la nature de
” l'honneur est d'avoir pour Censeur
” tout l'univers. ”

On ose à peine combattre le senti-
ment d'un tel homme : mais lui-
même ne juroit sur la parole de per-

sonne, & il savoit que l'examen conduit à la vérité.

L'univers est un Censeur bien commode : il laisse les méchants dans les places, dans les charges, dans les honneurs, dans l'illustration. S'il les méprise en secret, il les honore en public ; & dans les mêmes cercles où il vient de les flétrir absents, il les accueille présents, il les fête, il les flatte. Ainsi bercés par l'adulation générale, n'entendant jamais les bruits qui courent, & jouissant paisiblement de tout, comment les hommes corrompus ne s'endormiroient-ils pas dans le vice ? La Censure porteroit le trouble dans leur ame, & les éveilleroit pour la vertu.

Ne vouloir d'autre Censeur dans les Monarchies que l'*honneur*, n'est-ce point trop compter sur la perfection de la nature humaine ? Il n'a pas suffi à des peuples qui lui élevoient des autels. Il y avoit certainement de l'honneur chez les Romains, lorsqu'ils renvoyerent à *Pyrrhus* son traître Médecin ; lorsqu'après la dé-

faftreufe bataille de Cannes, ils re-
fufoient de racheter des prifonniers
qui s'étoient mal défendus, ne per-
mettant pas aux femmes même de
verfer des larmes ; lorfqu'ils ai-
moient mieux commander à l'or que
d'en recevoir ; lorfqu'ils croyoient
laiffer de grands biens à leurs enfants, s'ils leur laiffoient l'eftime publique ; lorfqu'ils ne vouloient figner
aucun traité de paix , que vainqueurs ; lorfqu'une mort glorieufe
leur paroiffoit préférable à une vie
obfcure ; lorfque tous les ordres faifoient de fi grands facrifices à la
grandeur du nom Romain : & c'eft
juftement dans ce temps-là , au temps
de *l'honneur*, que la Cenfure dé-
ployoit toute fa rigueur.

Le même Auteur , après avoir
confiné la Cenfure dans les limites
des Républiques , ajoute pourtant
que *l'exemple de la Chine femble déro-*
ger à cette regle. Il y déroge en effet ,
& c'eft fans doute pour l'inftruction
des autres Monarchies. Sujets des
Monarques, quel que foit votre rang,

craignez-vous cette Cenfure ? Plus vous la craignez , plus vous en avez befoin.

A Rome , les méchants avoient confpiré contre elle , au temps du vieux *Caton*. Languiffante , elle fé foutenoit encore. Les *Verrès* , les *Antoine* , les *Catilina* , les *profcrip-tions* lui portèrent les derniers coups : elle expira avec les mœurs & la Ré-publique. *Augufte* , devenu le plus grand Monarque de la terre, la réta-blit. Il fentoit donc que les grands biens qu'elle avoit faits dans la Ré-publique , elle pourroit les renou-veller dans la Monarchie. Mais fes fucceffeurs , un *Tibere* , qui haïffoit tous les gens de bien ; un *Claude* , imbécille ; un *Néron* , un *Caligula* , monftres de débauche & de cruauté , n'étoient pas faits pour foutenir un tribunal qui pourfuivoit le vice , & ne couronnoit que la vertu.

Raffemblons maintenant toutes les pieces du plan que je préfente. Ce plan , qui remettroit en vigueur les trois autorités primitives , celle de pere, celle de mari, & celle de maître; ce plan, qui diftribueroit une grande nation, trop grande pour être gouvernée en maffe, qui la détailleroit en petites claffes, toutes fous les yeux de la Cenfure, toutes rapprochées par elle du Gouvernement; ce plan, où l'on verroit le vice méprifé & malheureux, la vertu au contraire honorée & heureufe; ce plan d'une nation bien organifée, peut mériter quelque attention.

Si je propofois une inftitution toute nouvelle, inouie, il ne faudroit pas la rejeter fans examen. *Colombo* fut enfin écouté fur la découverte d'un nouveau monde. Mais cette inftitution a eu les plus grands fuccès chez les nations qui ont voulu avoir des mœurs. *On ne brûlera pourtant pas, pour m'exprimer avec un moderne, de la fievre de la vertu, comme les Spartiates.* Un peuple qui avoit détruit toute propriété, devenoit néceffairement enthoufiafte du bien commun. Cette fievre eft rare. Mais on aura du moins, dans une affiette plus tranquille, beaucoup de vertus, & peu de vices. C'eſt tout ce qu'on peut attendre de l'humanité.

Ce plan, que j'ai cherché dans l'hiſtoire, eſt peut-être mal démêlé, mal développé : des ſavants qui s'occuperoient à le mettre dans un beau jour, mériteroient bien plus du genre humain, qu'en traçant la route des cometes, ou en ajoutant quelques étoiles au nombre trouvé. Ce ſeroit encore plus la grande affaire d'un homme d'Etat, d'un Prince. Mais qu'on ſe ſouvienne que ſi l'on ne part pas des deux points donnés, la *punition* & la *récompenſe*, on manquera l'objet.

Le point de la difficulté conſiſte à diviſer, à combiner tellement la multitude, que ces deux reſſorts frappent juſte, avec facilité & promptitude.

Occupé profondément, il y a quelques jours, & fatigué de l'objet que je traite, je m'endormis, & je vis en rêve une pyramide vivante. La baſe en étoit immenſe : c'étoit un grand peuple. Les autres ordres, en diminuant de fuperficie, & en augmentant de fplendeur, fe furmontoient à des diftances marquées par le mérite. Le Gouvernement dominoit au fommet. Tout étoit dans un mouvement régulier; tout s'agitoit, pour s'élever à un degré fupérieur, ou pour ne pas tomber. Chacun prenoit des forces, en regardant le Gouvernement, dont l'œil attentif ordonnoit aux biens & aux maux de fe répandre. Ce qui me charmoit le plus dans ce grand fpectacle, c'eft que la fource des biens couloit fans ceffe, tandis que celle des maux étoit préfqu'arrêtée. Je m'éveillai, & tout difparut. Un poëte a dit que les rêves des Rois font des calamités pour les peuples :

Quidquid delirant Reges, plectuntur Achivi.

Il parloit fans doute des mauvais Rois. Si les Souverains pouvoient ainfi réalifer leurs fonges, il ne faut pas défefpérer des mœurs & de la félicité publique.

Bien des moralistes, charmés de la *fable sacrée du Chardon* (a), vantent un Gouvernement où l'on mettroit le Prince hors d'état de blesser. Ce ne seroit que la moitié du bien. Il est du moins aussi nécessaire d'ôter aux sujets l'envie d'être méchants. Ils cesseront de l'être, quand ils trouveront le malheur dans le vice, & le bonheur dans la vertu.

Maîtres & peres des peuples, si les peuples n'ont pas des mœurs, vous ne régnerez ni sûrement, ni heureusement, ni glorieusement. Les poëtes, les historiens, les philosophes, les moralistes, les prédicateurs ne leur en donneront pas. Quelques Princes y ont réussi : le Gouvernement seul est capable de ce prodige. On vous nomme les images de Dieu ; il vous abandonne le Gouvernement de ce monde : mais dans l'autre il est rémunérateur & vengeur. Soyez l'un & l'autre dans celui-ci.

Si le repos des familles, si le

_____

(a) Liv. des Juges, ch. 9.

bonheur des peuples, si la splendeur
des États ne dépendoit pas de la
bonté des mœurs ; si le Dieu qui
nous créa, ressembloit à la divinité
d'Epicure, qui, sans se mêler des
choses humaines, nullement offensée
par le vice, point honorée par la
vertu, se contente de son propre
bonheur, dans un repos éternel, il
seroit superflu de se tourmenter sur
les mœurs : mais l'intérêt général les
réclame.

Nation polie & corrompue, sous
quelque ciel que vous habitiez, il ne
suffit pas d'admirer le tableau de la
sagesse. Si vous renvoyez toujours le
règne de la vertu au temps fabuleux
de Saturne, il ne reste que peu de
mots à vous dire : Eh bien, jouissez
de la patience du ciel, buvez à
longs traits dans la coupe de l'iniquité, enivrez-vous des poisons flat-
teurs qui vous consument, jusqu'à ce
que les familles, entrant dans la mé-
fiance générale que la méchanceté
publique inspire, n'imaginent plus de
sûreté qu'à se déchirer les unes les

* F

autres ; jufqu'à ce que le peuple , ne voyant plus rien à refpecter dans les riches & dans les grands , les infulte, les trouble dans leurs poffeffions , & les dépouille ; jufqu'à ce que tous les ordres de l'Etat , fe heurtant les uns contre les autres avec le poids de tous les vices , brifent tous les liens des loix & de la concorde ; jufqu'au moment enfin où il ne reftera ni juftice, ni honnêteté, ni confeil , ni force , ni courage. C'eft alors peut-être qu'une nation barbare, ou policée depuis peu , mais moins corrompue , viendra , le fer à la main , vous donner fes loix & fes mœurs. Tel fut le fort de l'Empire Romain & de tous les Etats , lorfque tout fut corrompu.

LETTRE

AU DOCTEUR MATY,

Secretaire de la Société Royale de Londres, sur les Géants Patagons.

J'AI reçu, Monsieur, votre réponse sur les *Geants Patagons*, que vos navigateurs ont vus. Je connois la trempe de votre esprit, votre délicatesse, vos scrupules sur la vérité. Ce que vous croyez, les plus difficiles peuvent le croire. D'ailleurs y a-t-il tant de mal à tenir un peu aux géants? ils valent peut-être mieux que les petits hommes, qui ne sauroient vivre en paix.

F 2

Mais, en réfléchissant sur l'accueil que Paris a fait à cette nouvelle, j'admire combien ma nation, que la vôtre accuse encore de crédulité, est changée. Nos peres ont cru, j'en conviens, depuis même la renaissance des sciences, bien des choses absurdes, telles que les talismans, les anneaux constellés, les figures de cire, qu'on piquoit au cœur, pour faire périr ses ennemis; les Diables de Loudun, les revenants, les horoscopes, les prédictions astrologiques, celles nommément qui furent faites à Henri IV. rapportées sérieusement par le sage de Thou, & le grave Duc de Sully. Vous me direz aussi qu'au temps de Louis XIV. après qu'on avoit eu un *Galilée* en Italie, un *Bacon* en Angleterre, un *Montaigne*, un *Descartes* en France, on y croyoit encore que le mouvement de la terre étoit une hérésie; & moi, je ne dissimulerai pas qu'en 1666, le Royaume effrayé attendoit l'Antechrist, sur les prophéties de quelque rêveur du Nord; & qu'en

1680, la terreur des cometes étoit encore si répandue, qu'il n'y avoit pas de sûreté à la combattre.

Ce temps n'est plus, Docteur : sachez qu'aujourd'hui, dans la maturité de notre esprit, nous ne voulons plus être dupes. Nous nous rendons à peine aux preuves les plus fortes. L'histoire des Géants Patagons, que nous traitons encore de fable, en est un exemple frappant. Ce point de l'histoire naturelle paroît mériter quelque attention, autant au moins que les coquilles & les papillons qui remplissent nos cabinets à la mode.

L'an 1519, au rapport d'Antoine Pigafeta, les Espagnols, sous la conduite du célebre Magellan, virent au détroit qui porte son nom, dans la baye de Saint-Julien, par les 49 d. ½ de latitude, des géants si hauts, qu'à peine les Espagnols atteignoient à leur ceinture. Ils avoient pour armes des arcs, & ils étoient vêtus de peaux.

Barthelemi-Léonard d'Argensola, au livre 1. de son histoire de la con-

quête des Moluques, dit que Magellan prit quelques - uns de ces
géants, qui avoient plus de quinze
palmes de haut, c'est-à-dire, dix
pieds & demi; mais qu'ils moururent
bientôt, faute de leur nourriture ordinaire.

Le même Historien (liv. 3.) raconte que l'équipage des vaisseaux de
Samiento combattit avec des hommes
qui avoient plus de trois varres de
hauteur, c'est-à-dire, environ huit
pieds; que d'abord ils repoufferent
les Espagnols; mais qu'ensuite, effrayés par les coups de mousquet, ils
prirent la fuite.

On lit un fait fort semblable dans
le voyage de Sébald de Wert, qui,
étant mouillé en 1599 avec cinq
vaisseaux dans la baye verte, vingt-
une lieues au dedans du détroit de
Magellan, vit sept pirogues pleines
de géants qui pouvoient avoir dix à
onze pieds de haut, que les Hollandois combattirent, & que les armes
à feu épouvanterent tellement, qu'on
les voyoit arracher des arbres pour se

mettre à couvert des balles de mouſ-
quet.

Olivier de Noort , qui entra dans
le détroit quelques mois après Sébald,
vit des hommes de dix à onze pieds
de haut ; quoiqu'il y en eût vu d'autres d'une taille égale à la nôtre.

Il y a long-temps que nous avions
lu ces premiers témoignages ; mais
nous répondions aux Eſpagnols : La
nature , en vous taillant les yeux en
microſcopes , vous donna une imagination hyperbolique : les livres gigan-
teſques de Chevalerie ont pris naiſſance chez vous. Et nous diſions aux
Hollandois : Vous êtes de bonnes
gens ! les Eſpagnols , vos maîtres &
vos docteurs alors , ſous les ordres
de qui vous combattiez dans le détroit , vous ont tant répété , & avec
tant d'enthouſiaſme , que vous aviez
vu des géants , que vous avez mieux
aimé en croire à leurs yeux qu'aux
vôtres ; & nous ſommes d'autant plus
fondés à rejeter vos contes , que M.
de Gennes , notre Chef d'Eſcadre ,
dans ſon voyage à la mer du Sud en

1695, n'y a point vu de géants.

C'eſt ce que nous aſſure un témoin oculaire, *Froger*, dans la relation de ce voyage, (*page 100.*) « Nous
» vîmes, dit-il, pour la premiere
» fois des Sauvages (au détroit de
» Magellan). Ils ſont d'une couleur
» olivâtre, robuſtes, & d'une taille
» avantageuſe ; leurs cheveux ſont
» noirs, longs, & coupés au deſſus
» de la tête en maniere de couronne:
» ils ſe peignent de blanc le viſage,
» les bras, & pluſieurs autres en-
» droits du corps ; ils vivent ſans réli-
» gion & ſans aucun ſouci ; ils n'ont
» point de demeure aſſurée. Ce ſont
» ces Patagons que quelques Auteurs
» nous diſent avoir huit ou dix pieds
» de haut, & dont ils font tant
» d'exagération. Le plus haut d'eux
» n'avoit pas ſix pieds. »

Nous avions oublié les géants, ſur une aſſertion auſſi poſitive : mais en 1713 de nouveaux témoignages les remirent au monde. Ce ne ſont pas ici les géants de la fable, qui n'ont plus reparu depuis que Jupiter les

foudroya. Ceux - ci reparoissent de
temps en temps aux yeux des diffé-
-rentes nations.

Monsieur Frezier, Ingénieur ordinaire du Roi, fit le voyage de la
mer du Sud : voici ce qu'il dit, après
avoir décrit le physique & le moral
du Chili : « Plus avant dans les
» terres est une autre nation d'In-
» diens géants, que les Chonos ap-
» pellent *Caucahues*. Comme ils sont
» amis des Chonos, il en vient quel-
» quefois avec eux jusqu'aux habita-
» tions Espagnoles du Chiloë. Don
» Pédro Molina, qui avoit été
» Gouverneur de cette Isle, & quel-
» ques autres témoins oculaires du
» pays, m'ont dit qu'ils avoient ap-
» prochant de quatre varres de haut,
» c'est-à-dire, près de neuf à dix
» pieds. Ce sont ceux qu'on appelle
» Patagons, qui habitent les côtes
» de l'Est de la terre déserte, dont
» les anciennes relations ont parlé ;
» ce que l'on a ensuite traité de
» fable, parce que l'on a vu dans
» le détroit de Magellan des Indiens

F 5

» d'une taille qui ne furpaſſoit point
» celle des autres hommes. C'eſt ce
» qui a trompé Froger dans ſa rela-
» tion du voyage de M. de Gennes ;
» car quelques vaiſſeaux ont vu en
» même temps les uns & les autres. »

Ce récit ne déconcerta pas des gens qui ſavent douter. Encore des Eſpagnols, dit-on ! les erreurs des peres paſſent ſi ſouvent aux enfants !

Cependant M. Frezier, pourſuivant ſon récit, amene des François ſur la ſcene. « En 1704, dit-il, au
» mois de Juillet, les gens du
» *Jacques* de Saint-Malo, que com-
» mandoit Harinton, virent ſept de
» ces géants dans la baye Grégoire :
» Ceux du *Saint - Pierre* de Mar-
» ſeille, commandé par Carman de
» Saint-Malo, en virent ſix, parmi
» leſquels il y en avoit un qui por-
» toit quelque marque de diſtinction
» pardeſſus les autres : ſes cheveux
» étoient pliés dans une coëffe de
» filets faits de boyaux d'oiſeaux,
» avec des plumes tout autour de la
» tête. Leur habit étoit un ſac de

» peau, dont le poil étoit en de-
» dans. Le long du bras dans la
» manche, ils tenoient leur carquois
» plein de fleches, dont ils leur don-
» nerent quelques-unes, & leur ai-
» derent à échouer le canot. Les
» matelots leur offrirent du pain, du
» vin & de l'eau-de-vie ; mais ils
» refuferent d'en goûter. Le lende-
» main ils en virent du bord plus de
» deux cents attroupés. Ce que je
» viens de raconter, ajoute-t-il, fur
» le témoignage de gens dignes de
» foi, eft fi conforme à ce que nous
» lifons dans les relations des plus
» fameux voyageurs, qu'on peut,
» ce me femble, croire fans légéreté
» qu'il y a dans cette partie de l'A-
» mérique une nation d'hommes
» d'une grandeur beaucoup au def-
» fus de la nôtre. Le détail du temps
» & des lieux, & toutes les circonf-
» tances qui accompagnent ce qu'on
» en dit, femblent porter un carac-
» tere de vérité fuffifant pour con-
» vaincre la prévention naturelle
» qu'on a pour le contraire. La ra-

F 6

» reté du spectacle a peut-être causé
» quelque exagération dans les me-
» sures de la taille. Mais si l'on doit
» les regarder comme estimées, &
» non pas prises à la rigueur, on
» verra qu'elles sont très-peu diffé-
» rentes entr'elles.

J'ignore comment M. Frezier, revenu de son voyage, fut reçu à Paris avec la résurrection des géants. Aujourd'hui nos Officiers de marine lui diroient : Quels Marins nous citez-vous là ! Le *Jacques* de Saint-Malo, le *Saint-Pierre* de Marseille ! quels observateurs ! ils n'étoient pas de la marine du Roi.

Au surplus, vous savez, Docteur, que s'il y a des hommes qui suivent une découverte à travers la différence des rapports & la succession du temps, qui amene enfin la vérité, il en est au contraire qui ne s'en occupent qu'au moment qu'elle fait nouvelle. Huit jours suffisent pour épuiser toute la curiosité, & on n'en parle plus.

Effectivement, depuis l'époque de

M. Frezier jufqu'au mois de Juillet 1766, nous avions la confolation de croire, fans être troublés dans notre foi, qu'il n'y avoit point d'hommes plus grands que nous.

Quand je dis que nous n'avions plus de foupçon de l'exiftence des géants, je m'en excepte ; car en 1764, au retour de mon voyage d'Italie par Marfeille, comme je vais toujours queftionnant, toujours cherchant à m'inftruire, le hafard m'offrit un témoin oculaire de l'exiftence des Géants Patagons. C'eft le Capitaine *Reainaud*, le premier peut-être qui ait ofé, fur une fimple tartane, voguer de Marfeille aux terres Magellaniques. Notre converfation fut intéreffante : je ne vous en rapporterai que ce qui a trait à la découverte en queftion.

Je l'interrogeois fur les fauvages, il y mêla des géants. Oh ! M. le Capitaine, des géants ! cela ne fe peut.... *Cela ne fe peut*, reprit-il affez brufquement ? *voilà comme raifonnent des gens qui n'ont rien vu.....* Mais

aviez-vous les yeux bien ouverts ? ...
*Très-ouverts & fort bons : cependant
je ne m'y fie pas toujours ; j'ai mesuré.*
Eh ! quelle est leur taille ? *Douze
pans ;* c'est-à-dire, *neuf pieds, un
peu plus ou un peu moins ; les femmes
& les enfants à proportion....* Et en
quel endroit les avez-vous vus ? ...
*Vers le détroit de Magellan, où je
relâchai pour faire de l'eau.* Vous n'étiez
donc pas seul à voir ces prodiges ? ...
*Non sans doute, puisqu'une partie de
mon équipage les voyoit & les mesuroit
avec moi.* En quelle année ? ... *En
1712.* Mais enfin auriez-vous un peu
examiné les forces, les mœurs, les
usages de ces géants ? ... *Belle question ! vous croyez, vous autres qui
n'avez rien à faire, qu'un commerçant
a du temps pour ces fadaises. Je me dé-
pêchai de faire route. La seule chose
qui me frappa, ce fut leur douceur :
il faut qu'ils soient dans l'habitude de
voir de petits hommes, & de ne les pas
craindre.* Je lui fis encore quelques
questions sur les terres Magellaniques, & il me répondit conformé-

ment aux navigateurs les plus accrédités. Malgré la justesse de ses ré-
ponses, je le regardois fixément,
pour découvrir s'il n'avoit rien d'é-
garé dans la vue, rien qui sentît le
visionnaire. Le contraste de son âge
avec sa vigueur m'étonna presqu'autant que son récit. Vieillard de qua-
tre-vingt-quatre ans, il en montroit
à peine soixante : *cruda viro viridisque
senectus :* & sa tête me parut aussi
saine que son corps ; il est peut-être
encore vivant. Je ne m'en tins pas là :
je demandai dans la ville en quelle
considération il étoit. Dans la plus
grande, me dit-on : personne n'a fait
de voyages plus heureux, parce que
personne n'a calculé plus juste les
événements.

Je m'étois bien promis de commu-
niquer cette anecdote à ma patrie, en
publiant mon voyage d'Italie. D'autres voyageurs, en imprimant leurs
observations sur le même pays, m'ont
empêché de publier les miennes ; &
d'ailleurs il n'est pas toujours permis
de dire les choses comme on les a

vues. Il y a des gens accrédités, puiſ-
ſants, qui ſe fâchent quand on ne voit
pas comme eux. J'ai pris quelquefois
la meſure de leurs yeux, pour y ajuſ-
ter les miens ; mais auſſi-tôt que j'ai
la plume à la main, j'oublie la meſure. Quelqu'un me dit que dans
une telle ville un manchot, en ſe
frottant le moignon d'une certaine
huile, repouſſa un bras, comme un
arbre repouſſe une branche. Je ſouris.
Il reprend avec aigreur : j'ai vu la
lampe, où étoit l'huile. Et moi, je
dis, je n'ai pas vu le bras.

Revenons à nos géants. Il y avoit
long-tems que nous ne penſions
plus à ces fantômes. Nous nous
occupions dans cette Capitale, au
ſein de la paix, de nos ſpecta-
cles, de nos modes & de tous
les arts d'agrément ; lorſqu'au mois
de Juillet de l'année derniere, vos
Anglois, qui ſont faits pour troubler la terre, publierent que vos
Navigateurs nouvellement arrivés,
avoient vu, de leurs deux yeux,
ces maudits géants. Nouvelle de

gazette, dîmes-nous : on se contente
d'en faire des plaisanteries : la plai-
santerie est une bonne chose : elle
marque ordinairement une Nation
douce, & qui aime à rire, lors même
qu'elle souffre : & puis ne sait-on pas
que la gazette a droit d'enregistrer
tous les bruits qui courent ?

Mais vous, grave Docteur, Secretaire d'une célèbre Société (*a*)
qui n'a point d'oreilles pour les bruits
populaires, vous faites part de la
découverte à l'un de nos savans (*b*),
& par son canal à notre Académie
des Sciences, qui pese les faits, comme
la vôtre, dans la balance de Montaigne. Vous êtes connu depuis long-
temps dans notre monde littéraire.
Paris écoutoit, s'ébranloit. Qu'arrive-
t-il cependant ?
Un Journal (*c*) qui dispute de
bonté avec celui dont vous fûtes le
pere (*d*), publie le fragment d'une

(*a*) La Société Royale de Londres.
(*b*) M. de la Condamine.
(*c*) Le Journal Encyclopédique.
(*d*) Le Journal Britannique, qui a trop

lettre de M. de la Condamine, (e) & les géants s'évanouissent. Je vous l'ai envoyé, ce fragment ; je le remets sous vos yeux à cause des réflexions qu'il exige.

« J'ai appris aujourd'hui que l'his-
» toire de la découverte des géants
» Patagons est une fable, & que les
» Anglois ont fait courir ce bruit pour
» diffimuler le motif de l'armement
» de quatre vaiffeaux qu'ils envoient
» en ce pays pour y exploiter une mine
» qu'ils y ont découverte. Je crains
» que mon ami le Docteur Maty n'ait
» ajouté foi trop légérement à cette
» nouvelle. Notre miniftere a rayé cet
» article, qu'on vouloit mettre dans
» la gazette de France ; il s'eft fondé
» fur ce que M. de Bougainville, qui
» a relâché fur cette côte, a commu-
» niqué avec les Patagons, & fait des
» échanges avec eux ; ils font de la
» taille ordinaire, il eft vrai que M.

peu duré, & qui fera long-temps regretté par les Savants.

(e) Voyez le Journal Encyclopédique du premier Août.

» de Bougainville n'a abordé qu'à
» un endroit de la côte ; mais aussi
» une race entiere , une Nation de
» géants de neuf pieds de haut ,
» est bien difficile à croire. On a
» ajouté plusieurs choses à l'extrait
» de M. Maty , comme le nom du
» Capitaine , &c. &c.

Vous voyez d'abord , mon cher
Docteur , que nous savons mieux les
secrets de votre Gouvernement , que
vous , qui avez donné dans un bruit
vague , fait seulement pour le vulgaire , & pour tromper les étrangers.
C'est ainsi que vos Méthodistes (f) ,
il y a trois ou quatre ans , comptoient
tirer un grand parti du *revenant de
Cocklane* , qui causoit tant d'émotion
parmi le peuple. J'avois pourtant un
peu de peine à vous confondre avec
le peuple. Il me semble que vous &
moi, qui avons l'honneur d'être Membres d'une Société d'où sont sorties
les transactions philosophiques , &

_____

(f) Ce sont les Rigoristes de Londres,
gens fort enclins à faire des miracles.

tant de découvertes fur les fecrets de la Nature, l'école des *Haley* & des *Newton*, nous devons prendre garde à ne pas la deshonorer par une crédulité populaire.

Cependant, comme l'humanité enfin est fujette à des méprifes, je vous ai donné avis de ce qui fe paffoit en France, du peu de foi qu'on avoit aux géants, malgré la proclamation que vous en aviez faite à nos Savants. Je vous exhortois à m'apprendre, pour l'amour de la vérité, amour vraiment philofophique, fi vous étiez défabufé.

Etonné du fragment de la lettre qui a pris tant de créance, loin d'affoiblir la découverte, vous la fortifiez par vos raifonnements. Vous me répondez que, fans vouloir être le chevalier errant des géants Magellaniques envers & contre tous, vous ne pouvez vous refufer aux preuves qui en conftatent l'exiftence; qu'apparemment votre ami M. de la Condamine, craignant de donner dans une fable, a mieux aimé courir le rifque

d'en écrire une autre ; qu'il n'y a aucune raison de foupçonner que cette
nouvelle foit un artifice du Gouvernement pour cacher le véritable objet
de l'expédition de vos vaiffeaux ; que
votre miniftere ne s'avife pas d'a-
mufer par des contes un peuple qui,
pour toutes les expéditions, tient la
clef du tréfor ; que les équipages de
vos vaiffeaux ont encore moins pré-
tendu couvrir le fecret de leur voyage
autour du monde, en rapportant
qu'on les avoit dépêchés à la chaffe
des géants ; que c'eft très-accidentel-
lement & fans avoir été cherchés, que
ces grands hommes fe préfenterent à
leur vûe ; & que vos Anglois vous ont
très-fort affuré qu'ils n'avoient rien
trouvé dans la converfation de ces
hommes de neuf pieds, qui les enga-
geât à s'arrêter plus de quelques heures avec eux ; après quoi ils pourfui-
virent leur route vers les terres qu'ils
vouloient reconnoître.

Après ce préambule, vous ajoûtez:
« En élaguant ces bagatelles , que
» refte-t-il qu'un fait fimple ? Peut-

» on croire que tant de personnes se
» soient donné le mot pour en im-
» poser en difant : nous avons vu fur
» la pointe *Eft* de l'Amérique Méri-
» dionale, une troupe de quatre à cinq
» cents hommes , femmes & enfants ,
» dont la taille excédoit la nôtre de
» deux ou trois pieds ; montant des
» chevaux qui nous ont paru petits,
» peut - être par comparaifon à leur
» propre ftature. Ces hommes étoient
» habillés de fourrure, ayant des col-
» liers de métal ; nos Capitaines leur
» ont mis des rubans & d'autres petits
» ornements autour du col. Celui du
» vaiffeau le *Tamer* , homme de fix
» pieds deux pouces de haut (g) , s'eft
» mefuré avec l'un d'eux; & il a trouvé
» qu'en fe tenant fur la pointe des
» pieds , & étendant le bras tant qu'il
» pouvoit , il n'atteignoit pas à fon
» front. Les femmes & les enfants font
» plus petits , mais d'une mefure affez
» proportionnée. Nous avons vu en-
» fuite , en traverfant le détroit, d'au-

(g) Le Capitaine Cummings.

» tres hommes très-différents, petits,
» hideux, presque nuds. Ce que nous
» avons vu, nous l'avons dit en arri-
» vant, & nous le répétons à qui veut
» l'entendre.... J'ai vu moi-même,
» dites-vous, une lettre du Chef d'ef-
» cadre *Byron* (*h*), où il confirme
» authentiquement tous les faits que
» nos gazettes ont annoncés, & qui
» m'avoient été rapportés par l'un
» des témoins oculaires : cela suffit-
» il, mon cher confrere ? Justifiez
» moi, si vous voulez ; mon apolo-
» gie ne sauroit être en meilleures
» mains. »

Docteur, j'ai prévenu votre desir :
je disois dans nos sociétés, avant
votre réponse : qu'est-ce qui vous fait
douter de la nouvelle des géants ?

Est-ce la lettre négative de M. de
la Condamine ? Si cet Ecrivain célebre avoit examiné le fait avec autant de soin qu'il a discuté & démontré les avantages de l'inoculation, je
douterois, je nierois avec vous.

(*h*) Son vaisseau étoit le *Dauphin*.

Est-ce la persuasion où vous êtes, que les Anglois ont fait courir ce bruit pour dissimuler le motif d'un armement qui, va à l'exploitation d'une mine. On ne dissimule que lorsqu'on est foible.

Mais notre ministere a rayé l'article des géants, qu'on vouloit mettre dans la gazette de France.

Le ministere a tant de choses plus importantes à traiter, qu'il a cru pouvoir surseoir à la vérification des géants. La gazette, en se taisant, laisse au public la liberté de juger le fait.

Je ne suis plus si surpris des traditions du Pérou, du Bresil & du Mexique. Ces peuples assurent qu'il est arrivé autrefois des géants dans leur pays, qui, depuis le genou en bas, égaloient la hauteur ordinaire d'un homme. Si c'est exagération, on exagere grandement sur un grand fond.

Mais enfin des hommes de neuf pieds, tandis que nous sommes bornés, & tous ceux que nous voyons, entre cinq & six ! cela est incroyable.

Et

Et moi, je dis : de petits bœufs en Arabie gros comme des veaux de six mois, & des bœufs en Ethiopie qui approchent de la taille de l'éléphant ! des bichons que nos Dames mettoient dans leur manchon, & des chiens hauts de cinq pieds, tels qu'on en voit en Irlande ! Assurément il y a plus de différence du bichon au chien d'Irlande, que du plus petit Lapon au plus grand de ces géants. Pourquoi cette énorme diversité de taille dans la même espece d'animaux ? ne pourroit-elle pas se trouver quelque part dans le genre humain ? La nature, qui a distingué l'homme des animaux dans son être moral, lui a laissé bien des rapports avec eux dans sa constitution physique. On sait que le fameux Lyonnois créoit tous les ans quelque espece nouvelle de chiens, & détruisoit celle qui n'étoit plus à la mode : il corrigeoit les formes, & varioit les couleurs.

Qui sait ce qui arriveroit dans l'espece humaine, en assortissant les individus à une fin proposée ? Tout

* G

étonne ceux qui n'ont regardé qu'autour d'eux, & qui ignorent les puissants effets de la diverfité des climats, de l'air, des aliments, de la maniere de vivre, & principalement l'influence d'une feule paire fur toute une race, quand même cette premiere paire n'auroit été qu'un jeu de la nature.

Une variété accidentelle fe montra dans la perfonne d'Elifabeth *Horft-man*, de Roftock, ville du Duché de Mecklembourg. Elle étoit née avec fix doigts à chaque main & à chaque pied : elle tranfmit cette fingularité d'abord à fa fille Elifabeth *Ruhen*, enfuite à fon petit-fils Jacob *Ruhen*, Chirurgien à Berlin; & enfin le *fexdigitifme* fe perpétue, & forme une race. C'eft ainfi que les variétés, une fois confirmées par un nombre fuffifant de générations où les deux fexes les ont eues, fondent de nouvelles races; & c'eft peut-être ainfi que toutes les races, fi différentes les unes des autres, fe font multipliées (*i*):

_____

(*i*) Voyez M. de Maupertuis, Let. 14.

mais il faut avoir beaucoup vu, pour admettre des chofes qu'on n'a pas vues.

Peut-être qu'à ce moment un philofophe Lapon ou Groenlandois, haut de quatre pieds, foutient & perfuade à fa nation qu'il n'eft point d'hommes de cinq pieds. Il eft encore plus éloigné que nous de croire aux Patagons; toujours parce que chaque race d'hommes fe croit la mefure de toutes. Cependant il n'eft pas toujours sûr de juger de ce que l'on ne connoît pas, par ce que l'on connoît.

Lorfque de notre temps Meffieurs *Trembley*, *de Réaumur* & *Bernard de Juffieu* annoncèrent un animal qu'on multiplie en le hâchant par morceaux, chaque partie coupée prenant tête & queue en deux jours : tel eft le polype d'eau douce. Illufion, s'écria le public ! & l'Académie des Sciences, en voyant le prodige, penfa mettre la clef fous la porte. Si nos découvertes font peu de chofe, en comparaifon de celles qui reftent

à faire , il faudra peut-être renverser
la maison. Que dire encore des Zoo-
phytes , l'*animal - plante* , l'*animal-
fleur ?*

Mais , sans quitter l'espece humaine , sur laquelle le sceau divin a
le plus appuyé : « L'empreinte, dit
» M. de Buffon , ne laisse pas de va-
» rier du blanc au noir , du petit au
» grand , &c. Le Lapon , le Pata-
» gon , l'Hottentot , l'Européen ,
» l'Amériquain , le Negre , quoique
» tous issus du même pere , sont
» bien éloignés de se ressembler
» comme freres. »

En effet , on sent que la même
énergie qui teint les Européens en
blanc, les Mogols en jaune , les Indiens du Pérou en couleur de cuivre,
les Africains en noir ; qui pétrit des
hommes barbus & imberbes ; qui
fait naître , dans les Isles de Min-
doro & de Formose , des hommes à
queue, comme des quadrupedes ; qui
donne aux Naïres , dans les grandes
Indes , des jambes aussi grosses que
le corps d'un autre homme ; qui pro-

duit à Guam, l'une des Isles Ma-
rianes, des hommes de sept pieds (*k*),
peut en produire de neuf dans les
terres Magellaniques.

Ce n'est pas d'aujourd'hui, vous
le savez, Docteur, qu'on a contesté
l'existence des géants. D'Herbelot,
dans sa bibliothèque orientale, dit
que, sous le règne de Nouschirvan
Cosroès, il parut un géant de sept
coudées. Hérodote raconte qu'on
avoit découvert le squelette d'Oreste,
qui avoit 12 pieds $\frac{1}{4}$ de longueur.
Des critiques ont osé accuser d'erreur
Hérodote & d'Herbelot ; on a même
osé interpréter les géants de la bible ;
Goliath, qui étoit haut de six coudées & une palme (*l*) ; *Og*, Roi de
Basan, (dont le lit étoit de neuf coudées de longueur (*m*) ; & cette race
de géants qui étonnoient la terre par
leur taille & par leurs crimes avant le

(*k*) Voyez Gemelli Careri, Dampier &
Cowley.
(*l*) Liv. I. des Rois.
(*m*) Deut. chap. 3. v. 1.

déluge (n). Des commentateurs ont cru qu'on pouvoit ne pas prendre ces mesurés à la lettre, & qu'elles ne désignoient autre chose qu'une grande taille au dessus de l'ordinaire.

Je ne parle pas du squelette d'*Orion* trouvé en Candie, auquel Pline semble attribuer 46 coudées; encore moins du cadavre du géant *Antée*, que Sertorius, au rapport de Plutarque, fit déterrer dans la ville de Tanger, & sur lequel il reconnut la longueur de 60 coudées.

De pareils faits devoient faire un grand plaisir à M. Héhrion, de l'Académie des Inscriptions & Belles-lettres : " Il porta à l'Académie en
» 1718, (c'est le Secretaire qui parle
» dant l'éloge du défunt,) il porta
» une échelle chronologique de la
» différence des tailles humaines de-
» puis la création du monde jusqu'à
» la naissance de J. C. Dans cette
» table, M. Henrion assigne à Adam
» 123 pieds 9 pouces $\frac{1}{4}$; d'où il

(n) Genes. ch. 6.

» établit une regle de proportion
» entre les tailles masculines & les
» tailles féminines en raison de 25 à
» 24 : mais il ravit bientôt à la na-
» ture cette majestueuse grandeur.
» Selon lui, Noé avoit 20 pieds de
» moins qu'Adam. Abraham n'en
» avoit plus que 27 à 28. Moyse fut
» réduit à 13 ; Hercule à dix. Ale-
» xandre-le-grand n'en avoit guére
» que 6 : Jules-César n'en avoit pas
» 5. Et quoiqu'il y ait long-temps
» que les grands hommes ne se me-
» surent plus à la taille, si la pro-
» vidence n'avoit daigné suspendre
» les suites d'un si prodigieux abais-
» sement, à peine oserions-nous au-
» jourd'hui nous compter, au moins
» à cet égard, entre les plus consi-
» dérables insectes de la terre (o).

Au reste il est des esprits si préve-
nus, qu'après la citation d'un fait
reconnu pour faux, ils n'en veulent
plus entendre d'autres. On sait, par
exemple, que ces os énormes qu'on

_____

(o) Mém. de l'Acad. Tom. v.

montroit à Paris en 1713, & qui
furent ensuite promenés en France &
en Angleterre, comme s'ils eussent
été de Théutobocus, dont parle
l'histoire Romaine, se trouverent des
os d'éléphant. C'en est assez pour
nier toute grandeur extraordinaire.
Quoi donc ! parce qu'un Saltimban-
que, pour duper les sots, aura montré un Negre qu'il aura teint en
blanc, s'ensuivra-t-il que dans le milieu de l'Afrique il n'y a point de
Negres blancs ?

Les ossements dont parle le Hollandois Guillaume Schouten dans son
Journal, semblent mériter quelque
attention. Il raconte qu'étant dans le
port Desiré, terre Magellanique, il
trouva sur la montagne des tas de
pierres, qui lui donnerent de la curiosité. Ils couvroient des ossements
humains à dix & onze pieds de longueur. Il n'y a guere d'apparence
que ce fût la sépulture de quelque
monstre marin. Un bon esprit, qui
ne se préviendroit pas, diroit du
moins, avec un Historien moderne

qui a déclaré la guerre aux men-
songes imprimés : " On a exagéré
" la grandeur des Patagons qui ha-
" bitent vers le détroit de Magellan :
" mais on croit que c'est la nation
" de la plus haute taille qui soit sur
" la terre. "

Il ne s'agit donc plus que de déterminer la taille. Docteur, c'est ce
que vos navigateurs viennent de faire :
Neuf pieds, qui, réduits à la mesure de France, n'en valent que huit
& trois pouces. Contentez-vous de
cela, c'est un assez beau reste. Cependant de la mesure même naît une
nouvelle difficulté.

Des critiques judicieux disent que
les témoins anciens & modernes ne
conviennent pas sur la taille de nos
géants, les uns leur donnant huit
pieds, les autres neuf, ceux-ci dix,
ceux-là onze & même douze. Signe
évident d'erreur ou d'imposture.

Monsieur Frezier, que j'ai déja
cité, prétend que toutes les mesures
des différents pays dont on s'étoit
servi, doivent se réduire environ à

G 5

neuf ou dix pieds de France, quelquefois au-deſſous, plus rarement au-deſſus; ſi bien que les termes de grandeur pour nos géants peuvent s'étendre entre huit & dix pieds, comme ils s'étendent de quatre à ſix, pour les hommes ordinaires.

Pour ſe défendre de l'exiſtence des géants, on prend des armes dans l'excellente Hiſtoire naturelle, que votre Iſle voudroit bien compter au rang de ſes productions. L'Auteur, réfléchiſſant ſur les géants Magellaniques, s'exprime en ces termes : « Comme les relations qui en parlent, » ſont remplies d'exagérations ſur » d'autres choſes, on peut encore » douter qu'il exiſte en effet une » race d'hommes toute compoſée de » géants, ſur-tout lorſqu'on leur » ſuppoſera dix pieds de hauteur ; » car le volume du corps d'un tel » homme, ſeroit huit fois plus conſidérable que celui d'un homme » ordinaire. Au reſte ſi ces géants » des terres Magellaniques exiſtent, » ils ſont en fort petit nombre ; car

» les habitants des terres du détroit
» & des Ifles voifines, font des Sau-
» vages d'une taille médiocre. »

C'eft ce que M. de Buffon pouvoit dire de plus fenfé dans le temps
qu'il écrivoit. On fait que les igno-
rants croient tout fans examen, que
les demi - fayants nient avec impu-
dence, & que les génies fufpendent
leur jugement, toutes les fois qu'un
phénomene ne choque pas les loix
générales de l'Univers. Celui qui a
pu croire aux Vampirs, étoit un fot.
Ici je vois un Philofophe qui mefure
la nature, qui n'en trouve pas les
bornes, qui craint également d'a-
dopter ce qui n'eft pas, & de rejetter
ce qui eft, qui cherche, qui attend
des témoins qui aient vu. Pouvoit-il
mieux faire que de refter dans le
doute ? Il ne devinoit pas en 1744,
que des Navigateurs Anglois en 1766
confirmeroient, éclaireroient les anciennes relations.

Et fi, felon les regles de la criti-
que, il faut fe rendre à des témoins
oculaires en grand nombre, les équi-

pages de deux vaisseaux de guerre, Matelots, Soldats, Officiers, qui déposent unanimement du temps, du lieu où ils ont vu les géants, de leur taille, de leur habillement, de leur parure, de leur action du moment, qui se sont mesurés avec eux, qui n'avoient aucun intérêt à mentir ; c'est une égale nécessité d'avouer, non quelques individus géants, comme on en montre quelquefois dans nos foires ; mais une *race* : car une troupe de cinq cents géants, hommes, femmes & enfants, que le hazard présente, qui ne sont pas venus donner un spectacle de foire, forme une race assez considérable, & qui tient peut-être à une grande peuplade.

La regle que M. de Buffon établissoit pour les termes de grandeur dans l'espece humaine entre quatre & six pieds, reste juste pour la plus grande partie de la terre. Une race de géants dans un coin de l'Amérique n'y feroit qu'une très-légere exception.

L'objection la plus forte, à laquelle

vous ne vous attendez pas, Docteur, se tire d'une relation Françoise qui vous est inconnue, & qui l'est même encore au Public de Paris. La voici.

L'année derniere 1766. deux Frégates Françoises parties le 31. Mai des Isles Malouines, où M. de Bougainville formoit un établissement, vinrent mouiller vers la mi-Juin, l'une *à la Baye Grégoire*, l'autre *à la Baye Famine*. La premiere, *l'Etoile*, étoit commandé par M. de la Giraudais, de qui on tient cette relation, l'autre avoit pour Capitaine M. du Closguyot. Leur objet étoit de couper du bois dans le détroit de Magellan, attendu qu'on n'avoit trouvé ni bois, ni habitans dans les Isles Malouines. M. de la Giraudais mouillé sous le Cap *Gregoire*, embarqua trente hommes de son équipage dans sa chaloupe & son canot, & mit à terre. Des Sauvages Patagons de haute taille se présenterent d'abord au nombre de 20, ensuite de 50, & enfin de 7 à 800, hommes, femmes & enfants. M. de la Giraudais, qui ne s'étoit pas

attendu à cette multitude , n'avoit
que dix fufils & quelques préfents en
trop petite quantité pour fe concilier
la bienveillance des Sauvages. Il jugea donc à propos de retourner à
bord , emmenant avec lui ceux de fa
troupe qu'on ne pouvoit pas armer ,
& projettant de renvoyer fur le champ
des armes & des préfents.

Les douze hommes qu'il laiffa avec
les dix fufils , furent un peu embar-
raffés de leur contenance en cas que
les Sauvages priffent fantaifie de les
attaquer. On fe raffura pourtant, parce
que les Sauvages avoient avec eux
leurs femmes & leurs enfants , qu'ils
n'auroient pas voulu expofer dans un
combat. La nuit vint ; on la paffa le
mieux que l'on put près du feu qu'on
avoit allumé , & toujours en garde
contre la furprife. A la pointe du jour,
les Sauvages fe retirerent, à l'exception
de douze , emmenant leurs femmes
& leurs enfants dans leurs habitations.
On paffa cette journée à chercher des
coquillages pour fe nourrir. Le foir ,
le premier Chef des Sauvages s'obf-

tina à mener les François dans son camp. Ils y allerent, crainte de marquer trop de défiance en refusant. Les Sauvages les environnerent, en prenant leur repas, dont ils leur offrirent. C'étoit de la moëlle de vigogne, animal qui tient du mouton & de la chévre, mais beaucoup plus haut & plus fort, approchant de la forme du chameau , de couleur fauve. Des chansons se mêlerent au repas , mais sur un ton si effrayant, qu'elles ressembloient plutôt à des cris de guerre qu'à des expressions de plaisir. L'inquiétude augmenta , lorsque regardant les fusils, ils firent entendre par leurs signes que leurs ancêtres en avoient été tués ou blessés. Un des Chefs, d'un air hagard , & d'une figure sinistre , écumant de colere, en montrant les fusils , sembloit quereller le premier Chef , qui traitoit de pareils hôtes si humainement. Celui-ci plaidoit sans doute la cause des François , car il pleuroit en parlant à l'autre : alors M. de Saint-Simon Officier Major de la Colonie Ma-

louine , ordonna à trois ou quatre
de sa troupe de tirer sur les premiers
qui seroient mine d'attaquer ; & il
fit entendre aux Sauvages qu'il alloit
se mettre en défense. Apparemment
qu'une fiere contenance , & encore
plus la bonne volonté du premier
Chef , les sauva. Le jour venu , la
chaloupe tant desirée arriva ; elle
apportoit du secours , des vivres &
des présents, qui furent distribués aux
Sauvages ; ce qui les calma entiérement. Ils ont apparemment quelqu'habitude du commerce ; car ils
offrirent de faire des échanges avec
l'équipage. Ce qu'ils aiment le mieux,
c'est le tabac , le cuivre , les couleurs
rouge & bleue , les couteaux , les
haches & les mouchoirs. Leurs femmes sont fort blanches , & même
jolies & modestes , quoique leurs
maris ne paroissent pas se soucier de
tant de modestie ; car ils engagent
les étrangers à leur faire des caresses.
Elles tressent leurs cheveux. Elles
portent leurs enfants dans des paniers
d'une espece d'osier, fort enjolivés,

& femblent les aimer à la fureur. Ils
ont de très - bons chevaux , & une
grande quantité de chiens pour la
chaffe. Ils font errants, tantôt d'un
côté , tantôt de l'autre. Leur cafe ,
ou plutôt leur tente , fe forme par
quatre piquets plantés fur une même
ligne , auxquels ils attachent des
peaux de cheval , qui tiennent à
d'autres petits piquets tout près de
terre. C'eft une efpece de mur qu'ils
oppofent toujours au vent. Ils ont un
premier Chef, qu'ils nomment *Ca-*
pitan ; & fous ce premier il y en a
fept à huit autres qui commandent à
une certaine quantité d'hommes.

Leur vêtement eft un manteau,
long de fix pieds, fix pieds $\frac{1}{2}$, de
peau de vigogne.

L'arme dont ils fe fervent à la
guerre, c'eft *l'affommoir.* Cet affommoir eft une corde de boyaux de la
longueur de fix pieds $\frac{1}{2}$, armée à l'extrêmité, d'une pierre ronde en forme
de boulet, efpece de pierre de touche
extrêmement dure.

Une autre arme pour la chaffe, c'eft

le *lacs* , corde de boyau longue de huit pieds , ayant à chaque extrêmité un boulet pareil à celui de l'affommoir. L'un eft dans la main du chaffeur , qui donne à cette efpece de fronde le mouvement circulaire pardeffus fa tête , & lance le tout. Le premier boulet va frapper l'animal , le fecond avec la corde l'entrave en le jarretant. Et rarement le chaffeur manque fon coup , parce que n'ayant pas l'ufage de l'arme à feu , il a été néceffité à une plus grande adreffe. J'ai vu ces deux armes & le manteau chez un particulier (*p*) de Paris, qui fe prête obligeamment à la curiofité de ceux qui veulent connoître l'homme de tous les pays.

Quant à la grandeur de ces Patagons , ce qui fait ici le point capital , la petite taille eft de 5 pieds 7 pouces , la grande de 6 pieds $\frac{1}{2}$, la moyenne , c'eft-à-dire , la plus commune, eft de 6 pieds. Voilà , me dit-on , ces géants dont on fait tant de bruit.

(*p*) M. d'Arboullin.

Comment faire pour mettre d'accord des François & des Anglois ? Essayons. La terre des Patagons est si vaste & si peu connue ! Les anciennes relations ne placent pas tous ces grands hommes dans le même canton. Peut - être avec le temps y découvrira - t - on des choses encore plus étonnantes. François ! vous n'avez vû que des hommes de 6 pieds , 6 pieds $\frac{1}{2}$, sur la côte de la Baye *Grégoire* , les Anglois vous l'accordent ; ne leur contestez pas d'en avoir vu de 9 piéds à la pointe *Est*. Ne se peut-il pas même que les Sauvages de la Baye *Grégoire* ne soient qu'une race dégénérée des géants de la pointe *Est*. Et alors chacun aura bien vu.

Le vœu de M. de Maupertuis dans ses Lettres Philosophiques (art. Patagons) est exaucé.

« Ce n'est point donner , dit - il,
» dans les visions , ni dans une cu-
» riosité ridicule , que de dire que
» cette terre des Patagons , située à
» l'extrêmité australe de l'Amérique ,

» mériteroit d'être examinée. Tant de
» relations, dignes de foi, nous par-
» lent de ces géants, qu'on ne fau-
» roit guere raisonnablement douter
» qu'il n'y ait dans cette région des
» hommes dont la taille est fort dif-
» férente de la nôtre. Ces hommes mé-
» riteroient sans doute d'être connus.

Le même Philosophe, en recher-
chant pourquoi les nains & les géants
ne se trouvent que vers les pôles,
pousse ainsi sa conjecture : « Si ce
» que nous rapportent les voyageurs
» des terres Magellaniques & des ex-
» trêmités septentrionales du monde
» est vrai, ces races de géants & de
» nains s'y seroient établies, ou par
» la convenance des climats, ou plu-
» tôt parce que dans les temps où
» elles commençoient à paroître, elles
» auroient été chassées dans ces ré-
» gions par les autres hommes, qui
» auroient craint des colosses ou mé-
» prisé des pygmées.

Laissons les pygmées pour ne voir
que les géants. Lorsque, l'année derniere, la nouvelle de leur existence

se répandit dans Paris, une fille de 18 ans dit : *Ces Anglois devoient bien en amener un , il n'y auroit plus rien à objecter.* Oui , lui répondit-on ; mais le géant auroit-il voulu suivre ?.. *Eh bien! il falloit le tuer.* Cette jeune fille n'est point cruelle. Mais ne voyant pas ce qu'on pouvoit faire d'un géant dans la société , elle le mettoit au rang des animaux nuisibles. On a la même aversion pour les grands génies qui rendent les autres si petits. On voudroit les reléguer sous le pole , & on l'a fait plus d'une fois ; à Athenes par l'Ostracisme , & ailleurs comme on veut.

En suivant cette conjecture, si dans les pays anciennement peuplés d'hommes ordinaires , on ne voit pas des races de géants; c'est que l'intérêt général ne leur a pas permis de s'y multiplier. Vous avez actuellement à Londres un Chapelier géant, qui joue un grand rôle à la procession du Lord-Maire. Qu'on lui cherche une géante. Il en a paru aussi en Europe. Qu'on les place dans un canton isolé ; où ils

puiffent vivre à l'aife , fans être mo-
leftés. Je vois bientôt des enfants
d'une taille analogue à celle de leurs
parents ; & avec le temps , des familles & une race ; & dans cette race
même ne peut - il pas fe trouver un
écart de nature , quelques rejetons
plus grands , qui , en s'accouplant ,
laifferoient la race originelle au-def-
fous de leur poftérité ? Actuellement
je demande à tous les Phyficiens du
monde : où eft la limite ?

Que deviendra la bonne gigan-
tologie phyfique de votre Chevalier
Hanfloane ; qu'on lit avec plaifir
dans les *Tranfactions philofophiques* ,
(n°. 404)? Il y a réfuté l'exiftence
des géants. Que diroit - il à fes
Concitoyens, qui lui crieroient : nous
avons vû ? Ce n'eft pas la premiere
fois que les Savants fe font hâtés de
prefcrire des bornes à la nature , fans
fon confentement.

Mais , puifque vous êtes fi attaché
aux géants , vous auriez bien dû empêcher l'impreffion d'une plaifanterie
Angloife que je viens de lire fur eux.

Vous la connoiſſez ſans doute ſous ce titre , *An account of the Geantz* (*q*). Cette ſatyre ingénieuſe de l'adminiſ-tration Britannique , ſeul & vrai but de l'Auteur , qui ne cherchoit qu'un à-propos pour ſervir ſa patrie dans le goût de la liberté Angloiſe ; cette ſatyre n'a point fait tort aux géants dans Londres ; mais elle peut leur nuire à Paris , & nous vous rendrons ce que vous nous avez prêté.

Londres n'a pas voulu croire à notre bête du Gévaudan. J'ai vu votre Ville en graver des eſtampes ridicules , & s'en amuſer , tandis que la nôtre en gémiſſoit. Pour quoi traiterions - nous mieux vos géants ?

D'ailleurs , je vous l'ai dit en com-mençant ma lettre , nous ſommes revenus du merveilleux , il nous a trompés trop ſouvent. Nous reſſem-blons à des eſclaves révoltés , qui , après avoir briſé leurs chaînes , s'em-portent plus loin que les vrais braves.

(*q*) Relation des Géants.

nous ne voulons pas même l'examiner.

Mais vous & moi, Docteur, qui examinons & qui nous rendons aux preuves, faisons quelques réflexions sur ces grands hommes. M. de Maupertuis, en souhaitant qu'on vérifiât leur existence, avoit un autre desir bien plus philosophique.

« La grandeur de leur corps, dit-» il, seroit peut-être la moindre chose » à observer. Leurs idées, leurs con-» noissances, leurs histoires seroient » bien encore d'une autre curiosité. »

S'il est vrai, comme je l'apprends, que votre Amirauté vient d'expédier le *Dauphin* pour suivre cette découverte, nous serons instruits.

L'impatience me prend, il me vient une idée folle ; c'est d'écrire leur histoire avant d'en avoir les matériaux. Il en est peut-être plus d'une écrite dans ce goût-là. Je vais donc tracer leurs mœurs, leurs institutions, leur police, leurs loix, leur gouvernement, leur façon de vivre, leurs arts, & même bâtir leur Capitale. Il doit être permis à tout le monde

de

de rêver, pourvu qu'on rêve en homme de bien.

D'abord penſez-vous, Docteur, qu'on faſſe un Patagon, comme on fait un homme de cinq pieds à Paris ou à Londres ? Ce n'eſt pas avec des mœurs corrompues, des excès de débauche, une ſanté uſée, & des infidélités fréquentes, qu'un Patagon approche de ſa Patagone : il la trouveroit dans l'averſion, la langueur & les larmes ; c'eſt avec des mœurs honnêtes, une bonne conſtitution & les ſentiments qui uniſſoient les cœurs dans l'innocence de l'âge d'or.

On écarte de la Patagone, pendant ſa groſſeſſe, tous les objets qui pourroient l'attriſter ; on l'éveille au ſon de quelqu'inſtrument ; on flatte ſes goûts, on l'amuſe ; on verſe la joie dans ſon ame, ſans laiſſer engourdir ſes forces dans l'inaction. La promenade & quelque ouvrage d'agriculture, à ſon choix, les entretiennent. Les Patagons ſe doutent de l'influence de la mere ſur le phyſique, & peut-être ſur le moral de

* H

l'enfant ; ils voient qu'un arbre bien
fain , bien vigoureux , pouffe des
fruits qui étonnent autant par le volume que par la qualité. Le Patagoneau
vient au monde , fa mere l'alaite ;
nulle autre , felon l'opinion du pays ,
ne pourroit remplir ce devoir facré
de la nature , qui conferve l'enfant &
la mere ; on ne veut dans la Nation ,
ni tailles appauvries , ni hommes
manqués , ni cagneux , ni noués ,
ni rachitiques. Si une famille fem-
blable à une pépiniere mal faine ,
venoit à fe rabougrir , elle feroit
bientôt obligée , par fa diffonnance
avec la population générale , de chercher un afyle dans le défert , où elle
fonderoit peut-être une race débile de
Sauvages de cinq pieds.

Pour prévenir ce malheur , on
fe garde bien de gêner dans l'enfant la circulation du fang & des
humeurs , ou le mouvement des membres. On ne l'emmaillotte point , les
Patagons ont pris cette leçon des animaux. Le bambin , auffi libre que le
petit chien , rampe à volonté dans

une chambre garnie de natte, où
rien ne peut le bleffer; c'eft fon berceau; on le verra dans peu s'élancer
vers la mamelle qui le nourrit, s'y
attacher en embraffant avec fes genoux & fes pieds l'une des hanches
de fa mere, qui, pendant qu'il tette,
travaille à fa fantaifie, fans lui prêter
le fecours de fes bras; on le voit auffi
fe traîner fur la natte vers quelque
fruit ou quelqu'autre végétal qu'on
lui jette. Il fera bientôt fur fes pieds,
& on le menera cent fois le jour au
milieu d'un pré où il refpirera un air
pur, & où il pourra courir & tomber fans danger : point d'autre lifiere
que fa force naiffante, qu'il eft impor-
tant de développer & d'augmenter.
On ne raffemble point autour de lui
ces cuiraffes de l'enfance, bourlets &
autres inventions, pour le garantir
de la douleur caufée par une chûte.
Puifqu'il eft homme, fon pere veut
qu'il apprenne à fouffrir & à prévenir
les accidents par l'expérience de la
peine. On l'éleve tête nue, pour armer
le cerveau contre les fluxions, les

rhumes & les contufions, en endur-
ciffant les os de la tête ; pieds nuds
auffi, parce qu'un jour peut - être il
n'aura pas le temps de prendre fa
chauffure pour fe fauver d'un incen-
die, & qu'il fe tirera bien mieux d'un
précipice avec fa propre peau, qu'a-
vec le cuir roide & gliffant des bêtes.
Le refte du corps n'eft que légérement & largement vêtu. Point de li-
gature, point d'entraves, rien qui
puiffe occafionner la ftagnation des
humeurs.

On l'accoutume par degrés à braver
les rayons du foleil, l'humidité de la
pluie, & l'afpérité du froid. Tous les
jours, à compter celui de fa naiffance, il a été lavé dans l'eau froide,
& même glacée. D'ailleurs les Patagons, fans être de grands phyficiens,
n'ignorent pas que le mouvement du
fang, plus rapide dans l'enfance,
fuffit pour l'échauffer. Le froid n'eft
qu'à l'épiderme.

En même temps qu'on le dreffe à
toutes les intempéries, on accoutume
fes fens à ces grands effets de la na-

ture que la terreur accompagne, fes
yeux à tout voir, fes oreilles à tout
entendre. Le ciel fe trouble, les vents
fe déchaînent, l'orage mugit. On le
mene dans un jardin, on chante, on
danfe autour de lui ; on admire les
éclairs, comme nous admirons les
fufées : on compte les coups de tonnerre, comme nous comptons ceux
du canon dans une réjouiffance publique. On en defire encore, on eft
fâché de n'en plus entendre ; & on
rentre, parce que la fête finit. On
lui dira un jour que le tonnerre peut
tuer, comme il arrive une ou deux
fois par an, que quelqu'un eft écrafé
par la chûte d'un arbre, d'un rocher
ou d'une maifon ; mais ce n'eft pas
le temps de raifonner, c'eft celui d'a-
gir. On n'a garde de le tenir affis
ou couché : lorfqu'il veut fe mouvoir,
on l'éleve debout.

Chaque jour le voit fe fortifier &
grandir ; & le pere, toujours inf-
tituteur, profite de tout pour lui
donner des nerfs, de l'agilité &
de l'adreffe. Ce déjeûné que l'enfant

H 3

appete, eft fufpendu à un arbre dans
un panier; il faut ou l'abattre avec
une pierre lancée par la fronde ou
avec une fleche, ou grimper à l'arbre.
Ce végétal, d'une faveur agréable
qui flatte fon goût, eft enfoui dans
la terre; il faut l'arracher avec la bêche. Cet oifeau qu'il veut avoir pour
fon amufement, il le gagne à la
courfe; un foffé rempli d'eau le fé-
pare d'un camarade de jeu, c'eft un
faut à faire. Une autrefois il s'agit
d'un mur qui l'empêche d'aller à fa
mere; il n'ira qu'en le franchiffant.
Il voit fon pere s'armer pour une
chaffe; il brûle de le fuivre: fi le
pere fe rend à fes inftances, il le
mene au pied d'un rocher, le pré-
cede dans un fentier efcarpé & ra-
boteux, s'élance de pointe en pointe,
fe retourne & le voit fur fes pas...
Courage, mon fils; tu feras digne de
moi. C'eft le Centaure *Chiron* qui
éleve Achille. Il lui apprend auffi à
porter des fardeaux, à connoître les
leviers, à ébranler des corps, à en-
lever des maffes, à ne point diftin-

guer dans l'emploi de ses bras la main droite de la gauche.

Toute l'éducation Patagone est une gymnaſtique continuelle , qui fortifie les fibres par la continuité & l'âpreté des exercices , qui durcit les muſcles , qui ajuſte les organes aux objets de leurs actions , qui donne également la ſoupleſſe & la réſiſtance, qui accoutume le corps à tout faire & à tout ſouffrir.

Docteur , auroit-on réſolu dans votre Iſle d'être Patagon en quelque choſe ? Vous plongez vos enfants à leur naiſſance , dans la Tamiſe , comme Thétis plongea le ſien dans le Styx ; bain ſalutaire, que vous ré-pétez ſouvent. Vous ne les emmail-lottez point ; & au lieu de ces habits de *Huſſard* ou de *Pierrot* , qui gênent ſi joliment les nôtres , vous leur donnez de larges jacquettes de mau-vaiſe grace , & toujours tête nue ; c'eſt ainſi que j'en ai vu des pépi-nieres , à toute heure , ramper , courir , ſauter dans le parc *Saint-James*. Il y a bien pis : je me rap-

pelle que , dans mon voyage d'I-
talie , je rencontrai à Gênes votre
chef d'efcadre , M. *Hariffon* ; il eut
la politeffe de m'inviter à voir fon
efcadre. Le vaiffeau qu'il montoit ,
étoit par lui-même un objet de curiofité , le *Centurion* , qui avoit fait
le tour du Monde , bravé tant de
tempêtes , & alarmé l'Efpagne , fous
les ordres de l'Amiral *Anfon.* Au
milieu de nos propos dans la Chambre
du Confeil , entrerent deux enfants
avec le tablier de fatigue ; couverts
de fueur & de godron, vrais *Mouffes.*
Ils venoient faluer le Commandant ;
& ce fut avec un air de confiance &
prefque de familiarité. Qui font ces
éleves, lui dis-je?... *L'un eft le neveu
de l'Amiral Hervey , & de Milord
Briftol : l'autre m'appartient.....* Et
quel fera leur premier grade ? *Ma-
telot , & ainfi de fuite jufqu'à ce qu'ils
arrivent au Commandement.* Ils nous
quitterent pour grimper aux mâts.
Vous voilà un peu Patagons.

Vous me direz peut-être qu'ainfi
furent élevés chez nous *Ducaffe ,*

Jean Bart & *Duguétrouin*. Ces hommes, dans qui la vigueur de l'ame répondoit à celle du corps, c'étoient des Patagons fans aïeux & fans conféquence.

Je ferois plus embarraffé fi vous m'objectiez le Maréchal de Saxe, qui eût renverfé un athlete comme il battoit les ennemis : pourvu de la force du Dieu Mars, comme il en avoit l'air, fans doute vous en feriez honneur à une éducation dure & laborieufe. Soit, mais enfin il venoit du Nord. Les enfants du midi ne demandent-ils pas d'être traités comme leurs peres, avec tous les ménagements de la délicateffe ?

Quant aux inftitutions morales de la Patagonie, elles ont pour objet toutes les vertus fociales : on ne fe contente pas, dans le vafte college d'éducation, de dire aux enfants : foyez juftes, humains, généreux, reconnoiffants, patients, laborieux, tempérants, obéiffants aux Loix, aux Magiftrats, au Prince. On les met journellement dans le cas de la pra-

H 5.

tique. Un éleve fait un emprunt ; il faut rendre au jour convenu. Un autre manque de quelque chofe ; c'eft à qui fe retranchera pour lui donner. Celui-ci a reçu un bienfait ; s'il y paroît infenfible , s'il ne le publie pas, il eft noté. Celui-là tombe malade ; s'il eft doux & patient , on s'empreffe autour de lui : s'il marque de l'humeur & de l'impatience , on ne lui laiffe que les fecours abfolument néceffaires. On ne permet à aucun de fe faire juftice à lui-même. Mais fi le fort s'avifoit de maltraiter le foible, le châtiment feroit très-févere. Il y a des Juges , choifis dans cette jeuneffe même, pour prononcer fur toutes les fautes & tous les différends. On crée auffi un Prince , l'image de celui qui commande à la Nation : Ecole d'obéiffance & d'amour. Le grand livre qu'on lit le plus , c'eft celui des Loix , qu'on applique en petit à l'inftitution des adolefcents. Dans le voifinage du College eft un grand terrein , où tous les éleves cultivent à des heures marquées , afin de les accoutumer au travail, & à connoître la terre avec fes productions. Dans les heures de délaffement, on les entend chanter des chanfons héroïques, à l'honneur des Patagons qui ont donné de grands exemples à la patrie. On ne préfente à la jeuneffe que des idées prifes dans le bien commun, & dans la nature.

Les Patagons n'ont aucune tradition de revenants, de forciers, de fonges myftérieux, d'horofcopes, de nombre fatal, de jours malheu-reux. Voilà pourquoi leurs enfants n'ont pas l'imagination troublée par la crainte. On ne leur parle que des vrais dangers, pour les éviter.

Ce cheval plus fort que toi, peut t'emporter ; apprends à le fubjuguer. Une bête féroce te pourfuivra peut-être ; apprends à t'en d'éfendre ; ou cours plus vîte qu'elle, ou gagne la cime d'un arbre, ou attaque & tue. Ce bateau qui te porte fur un fleuve, peut s'entr'ouvrir ; il eft poffible encore que tu ne trouves ni pont, ni bateau ; ou qu'enfin tu voies un de

tes freres emporté par un courant,
tu voudras le fauver : apprends donc
à nager. On en dit autant à une jeune
Patagone pour tous les périls qui font
communs aux deux fexes , afin d'en
diminuer la fomme autant qu'il eft
poffible.

Les Patagons ont une capitale plus
étendue que la plus grande ville de
l'Europe : mais il s'en faut beaucoup
qu'elle foit auffi peuplée.

Elle eft traverfée par un beau-fleuve,
qui a des ponts d'une longueur &
d'une élévation prodigieufe. Des Edi-
les , fans goût , avoient permis de
bâtir des maifons fur ces ponts ; la
poftérité les a abattues , rien ne s'y
reffent de la magnificence des arts.
Mais tout y eft commode ; des rues
très-larges , propres , & alignées ;
de vaftes marchés en grand nombre ;
des fontaines abondantes , diftribuées
dans tous les quartiers ; & des bains
publics , édifices immenfes , qui , en
décorant la ville , offrent à tout le
monde la propreté & la fanté.

Dans la perfuafion que les villes

où les hommes s'entaffent , comme
des fourmillieres , font le gouffre de
l'efpece humaine, que les races y pé-
riffent ou dégénerent , ils ont mis la
campagne dans la ville ; ce qui donne
beaucoup de falubrité. Chaque maifon ifolée , fans étages , a fon parc &
fon jardin ; maifons de bois , dont
les murs fort épais font conftruits de
groffes poutres bien emboîtées les
unes dans les autres ; quoiqu'ils aient
des carrieres en abondance. C'eft
qu'ils prétendent que , de la pierre
& du mortier , fort fujets à reffuer ,
il fe fait une tranfpiration continuelle
de vapeurs infenfibles , qui , à la longue , donnent des maladies de poitrine , ou de nerfs. Et ils veulent toujours avoir des poumons & des nerfs.
On n'emploie la pierre qu'aux édifices publics.

Tout ce qui peut corrompre l'air ,
eft foigneufement écarté. Des Patagons charitables , mais peu éclairés ,
avoient bâti des hôpitaux dans la ville.
Il fe trouvoit que le voifinage rem-
pliffoit la lifte de mortalité , plus

que les autres quartiers. On relégua les hôpitaux hors des murs ; & les malades mêmes y gagnerent par des convalefcences plus promptes. On ne s'avife pas d'en mettre deux dans le même lit ; encore bien moins cinq & fix. On croiroit être inhumain , en exerçant l'humanité.

Des Patagons voyageurs avoient rapporté une maladie étrangere , qui s'étoit tellement naturalifée , qu'elle enlevoit un feptieme de la Nation. On avoit tenté inutilement d'en dé-truire le venin ; on imagina d'en ôter le danger , en le communiquant , après avoir préparé les fujets. Sept à huit mille épreuves heureufes dans la Capitale ont fait adopter cette pra-tique ; & on a bâti un nouvel hôpital pour ceux qui veulent fe fouftraire , eux ou leurs enfants , à l'inquiétude & au danger.

Les Patagons ne connoiffent que la Médecine de la nature. Ils n'ont jamais cherché celle de l'art , trop peu éclairés pour pénétrer dans les fyftêmes & les formes. Avares de leur

fang , qu'ils regardent comme la
fource de la vie , ils difent qu'il faut
le purifier , & non pas le tirer. Chaque Citoyen , avec quelques fimples
& la diete , eft le Médecin de fa
famille , comme Caton l'étoit de la
fienne ; & s'il eft embarraffé , il appelle fes voifins. Les Patagons fe
confoleroient aifément de leur ignorance fur la médecine , s'ils favoient
qu'elle n'a prefque fait aucun progrès
depuis deux mille ans. Ils ne raifonnent gueres , ils obfervent. La partie
de la médecine qu'ils eftiment le plus,
c'eft l'*Hygiene* qui prévient les maladies par l'exercice , la tempérance ,
& la joie.

Je cherche le terme ordinaire de la
vie des Patagons ; à en juger par la
regle commune , que tout animal vit
fix à fept fois autant de temps qu'il
en a employé dans fon accroiffement ;
comme ces grands corps croiffent jufqu'à trente ans, on peut préfumer que
leur extrême vieilleffe eft environ à
210 ; & alors les forces étant ufées, les
fens émouffés , ils meurent ordinaire-

ment fans regretter la vie, parce qu'ils
la font confister dans l'action & la
jouiffance.

Une piété mal entendue pour les
morts, qui font fort indifférents fur
leur derniere demeure, les faifoit en-
terrer dans l'enceinte de la ville. On
repréfenta que la corruption des cadavres pouvoit infecter les vivants ;
& que, quand même la chofe ne feroit pas démontrée, le feul foupçon
fuffit dans un fi grand intérêt. Le
premier des Tribunaux, celui de la
fanté, publia une défenfe qui fut
beaucoup louée, parce qu'elle fut
exécutée. Il eût peut-être encore mieux
fait d'ordonner qu'on brûlat les morts,
comme furent brulés dans l'ancienne
Rome *Adrien, Trajan* & les *Antonins,*
qui valoient bien des Patagons. Mais
enfin le point capital étoit d'ôter l'in-
fection de la ville.

Les Patagons, qui n'aiment pas
qu'on les enterre tout vivants, furent effrayés, il y a environ un fiecle,
par quelques morts qui fortirent du
tombeau. Quels font donc les vrais

fignes de mort, fe demandoient-ils
les uns aux autres? Il fut décidé que
le feul figne non équivoque eft la
putréfaction ; & en conféquence, au
lieu d'inhumer dans l'efpace de 24
heures, on prolongea le temps, jufqu'à l'apparence du figne. L'abus
étoit ancien ; mais chez cette Nation
coloffale°, qui a plus de gros bon
fens que d'efprit, le temps ne confacre pas les abus.

Il y a une faifon dans l'année où
l'on ne fe nourrit que de végétaux &
de poiffons, afin de donner le temps
aux animaux de fe régénérer, & de
réparer l'efpece. Cependant, en faveur des fantés foibles, on permet
aux hôpitaux de vendre des fubf-
tances animales, avec une affiche qui
en fixe le prix & la bonne qualité ;
& à la fin on lit ces mots, *fi le Pu-*
blic fe plaint, plus de privilege. Il
paffe en d'autres mains.

Dans une ville ainfi conftruite &
policée, voulez-vous favoir la façon
de vivre d'un Patagon, je dis même
d'un Patagon de bonne compagnie?

Il s'eſt couché avec le ſoleil ; il ſe leve
avec lui. Il reſpire , dans les beaux
jours , la fraîcheur du matin , & la
pureté de l'air. Le plaiſir , avec la
ſanté , vient au devant de ſes pas. Les
forêts & les côteaux embellis par l'aurore , les arbres couronnés de fleurs
ou de fruits , la verdure plus touchante , les troupeaux qui bondiſſent,
les ruiſſeaux qui ſemblent ſe jouer
autour d'eux , les oiſeaux qui chan-
tent le retour de la lumiere , toute
la nature qui s'éveille & ſourit , jette
de la ſérénité dans ſon ame , & du
baume dans ſon ſang.

Point de jour où il n'exerce ſes
forces par quelque travail , ſouvent
par l'agriculture , & toujours en
plein air. Il ſait qu'un air libre , ſur-
tout dans la ſaiſon où il eſt chargé
des parfums de la nature , eſt plus
ſain que celui d'une chambre. S'il ſe
promene , c'eſt toujours à pied ; afin
que toute l'économie animale ſe reſ-
ſente du mouvement ſi néceſſaire à la
tranſpiration des humeurs. Les frimats
de l'hiver , la neige , les glaces ne

l'arrêtent pas. Accoutumé dès le berceau à toutes les variations, à toutes les impreſſions du climat, il s'eſt, pour ainſi dire, cuiraſſé de ſa propre peau.

Il n'a point d'heure réglée pour ſes repas ; convaincu par l'expérience journaliere, que le plaiſir eſt fondé ſur le beſoin, il attend la faim ; & il vit plus de végétaux que de cadavres, parce qu'il a remarqué que les oiſeaux & les quadrupedes carnivores ſont ordinairement fort maigres ; & d'ailleurs il a quelque peine à tuer les animaux.

De tous les hommes qui vivent en ſociété, c'eſt lui qui ſe rapproche le plus de l'homme de la nature. Les arts de luxe ne l'ont point inſtruit. Il éprouve que l'eau appaiſe ſa ſoif. Le vin ſe vend chez les Apothicaires comme remede, auſſi-bien que toutes les liqueurs fermentées. Il ſait que le lait le rafraîchit ; que les mets les plus ſimples le nourriſſent & flattent ſon goût ; que la peau des animaux le couvre ; qu'un cheval l'empêche d'épuiser ses forces dans une longue course. Avec un collier de métal , & quelques plumes , il se croit très-paré : telle est à-peu-près la liste de ses besoins.

Ce qu'il aime passionnément , c'est la vie domestique , sa femme , ses enfants , leur éducation , leur tracas même , ses serviteurs, des repas champêtres avec sa famille , tantôt dans une forêt où les rayons du soleil ne percent pas , tantôt dans un vallon à la source d'un ruisseau , une autre-fois au sommet d'un rocher , d'où il découvre un vaste horizon. Tout l'intéresse avec les siens. Il ignore les visites froides de politesse. Il ne connoît que celles d'affaire , d'humanité ou d'amitié. Sa maison est toujours celle où il se trouve le mieux ; parce qu'il y regne , il y aime , & il y est aimé. D'ailleurs , il n'y est pas resserré , étouffé , comme nous le sommes dans les nôtres. Un jardin , un parc , des animaux , tout cela entre dans son bonheur. Il ne sent que des passions douces : point d'ambition

que celle d'un bonheur facile , en fe
livrant à la nature , qu'il fuit pas à
pas. Si on veut le tirer de cette tranquillité pour les affaires publiques ,
comme les places ne font qu'onéreufes,
c'eft un facrifice qu'il fait à fa patrie;
& il revient à la vie privée le plutôt
qu'il eft poffible. Sa famille eft
pour lui une fource inépuifable d'a-
gréments.

Ce n'eft pas que les Patagons
n'aient auffi des plaifirs publics, des
cirques , des amphithéatres , où les
jeunes Patagons difputent des prix à
la courfe , au faut , à la lutte , au
maniment de l'arc , de la fronde , à
qui portera un plus grand poids , à
qui combattra le mieux une bête féroce. C'eft là auffi que les jeunes Patagones étalent leurs attraits ingénu-
ment & fortement prononcés. Leur
taille eft belle, fans avoir été contrainte
dans une boîte de baleine , ou forcée
par une croix de fer. Ce jour eft un
des plus beaux de leur vie ; puifqu'elles diftribuent les couronnes , &
choififfent leurs époux, qui doivent être

âgés au moins de 28 ans , par la raifon que la nature à fes temps marqués pour les fortes productions. La difparité des familles n'empêche aucun mariage , tous les Patagons fe croyant également nobles , ou du moins pouvant s'ennoblir en fe diftinguant. Quant à la fortune , chacun la trouve dans le travail & la frugalité. Ce qui forme un empêchement légal , c'eft la grande inégalité des âges. La nature , difent-ils , a féparé à jamais le printemps & l'hiver.

Vous me demanderez peut - être s'ils ont quelque fpectacle qui reffemble à nos Comédies , nos Tragédies , nos Opéra. Leur Opéra n'eft point en action , tout en récit. On y chante la beauté du foleil , le renouvellement des faifons , la fécondité de la terre , l'amour conjugal , l'accroiffement de la population annuelle, l'amitié , la fraternité , l'amour de la patrie , les héros qui ont inventé la charrue , le moulin , l'art de bâtir, la langue , l'écriture , la navigation , &c.

Dans la Tragédie, les perfonnages
font ordinairement d'anciens géants,
qui vouloient tyrannifer les autres ,
parce qu'ils étoient plus grands &
plus forts. La cataftrophe eft toujours
la punition de ces méchants.

Dans la Comédie , il femble que
les Patagons n'aiment pas à rire de
leur propre Nation : & comme ils ont
vu de petits hommes , ils en ont même quelques-uns , comme en Europe
on a des nains ; ils fe plaifent à les
mettre fur la fcène en fe mefurant avec
eux. Par exemple, une Patagone prend
un homme de cinq pieds fur fes genoux , lui prodigue fes grandes ca-
reffes , lui demande un fruit qui croît
à la cime d'un arbre extrêmement
élevé. Le petit homme , qui n'a ni
la force , ni l'agilité du pays , regarde & défefpere. On lui donne
une coignée pour abattre l'arbre : il
fuccombe fous le poids. Arrive une
bête féroce. Ah ! cher amant , dé-
fends-moi , s'écrie la Patagone. il
faifit un arc : mais il ne peut l'armer,
ni le foutenir. La Patagone eft obligée

de fuir en emportant fon défenfeur
fous fon bras. Dans une autre fcene,
il s'agit de difputer un prix en franchiffant un petit foffé plein d'eau,
large feulement de 30 pieds, il s'é-
lance & tombe au milieu. On lui
offre fa revanche dans un combat
contre un petit Patagon, qui n'a encore que fept pieds & demi de hauteur. Celui-ci le renverfe d'un coup
de poing ; & plus il fe fâche, plus
on rit de fa petite colere.

Le Patagon, par fa taille majeftueufe, eft un peu porté à méprifer
les hommes de la nôtre : mais il leur
fait du bien en s'en amufant. La Nation ne défefpere pas d'avoir bientôt
des Comédies d'un meilleur goût ;
car les *beaux efprits* qui ont déja ima-
giné la Tragédie & l'Opéra, s'occupent actuellement du Théâtre Co-
mique. Mais comme ils ont de l'humeur, & fe querellent à outrance,
on craint que ces querelles ne retar-
dent l'ouvrage : cependant il y a quelque chofe à gagner en attendant ; car
ces querelles même donnent la comédie au public.   Ce

Ce qu'il y a de plus fingulier dans les fpectacles des Patagons, c'eft que, fans avoir lu ni Vitruve, ni le Palladio, fans avoir vu de modeles, ils ont conftruit des falles d'une forme elliptique, fi bien coupées, fi bien proportionnées à l'œil & à l'oreille, que tous les fpectateurs peuvent voir & entendre des points les plus éloignés. Le parterre y eft affis comme les loges ; parce que, difent-ils, il ne faut pas appeller les Patagons au plaifir pour les fatiguer. Le théatre eft plus fpacieux qu'une de nos falles ; celle de la Capitale eft immenfe, & il faut bien qu'elle le foit pour raffembler trente mille géants ; c'eft à-peu-près le nombre des habitants, en y comprenant le peuple ; car le peuple partage tous les plaifirs publics. Plus l'on travaille, plus l'on a befoin de délaffement, difent ceux qui gouvernent ; & un plaifir que le peuple ne partage pas, n'eft point un plaifir public. Malgré cette grande affluence, il n'y a jamais le plus petit embarras, ni à l'entrée, ni à la fortie; parce que la falle fe préfentant avec

* I

de grandes portes, eft au centre d'une place très-vafte, environnée de larges rues. L'architecture en eft ruftique, mais avec un air de majefté, à caufe de l'élévation & de la grandeur des maffes.

On ne voit point de pauvres ni dans les rues, ni dans les temples, ni fur les chemins, parce que tout le peuple eft occupé à l'agriculture ou aux autres arts de néceffité ; & fi quelqu'un refufoit le travail, pour vivre aux dépens des autres, on l'y forceroit dans des établiffements faits pour cela. Celui qui ne peut plus travailler, reçoit fa nourriture fans la mendier & rougir. Ce travail univerfel fait la richeffe des familles, comme celle de l'Etat. Affurées de trouver leur fubfiftance au bout de leurs bras, & le travail étant honnête pour tout le monde, elles ne craignent point d'être trop nombreufes. Plus la Nation fe multiplie, plus l'on défriche ; fi bien que c'eft toujours une joie lorfqu'il naît un Patagon.

La crainte de troubler la paix do-

meftique par la rivalité de plufieurs
époufes, a fait rejetter la polygamie :
mais en cas de ftérilité, de maladie
habituelle, ou d'incompatibilité d'humeur, la loi a permis le divorce; &
il en arrive fort peu. Quant aux enfants, l'Etat y pourvoit, fallût-il
prendre fur les tributs.

Les tributs fe levent en nature, au
temps de la récolte, fur le champ
même qui a produit. Par ce moyen
chacun paie à temps; & cette portion
de l'Etat, mefurée non fur l'étendue,
ou la qualité du champ, mais fur la
production réelle, fe trouve toujours
jufte. Il ne refte qu'à la convertir en
monnoie du pays, pour la faire paffer
au tréfor du Prince. C'eft fon affaire.
Voilà tout le fyftême d'impofition;
& perfonne ne fe plaint.

Les Patagons n'ont point de commerce extérieur : ne connoiffant que
le néceffaire qui fe trouve par-tout,
ils ne devinent pas ce qu'un commerce étranger pourroit leur apporter.
Cependant ils ont coupé leur pays
par une multitude de canaux qui

fembleroit annoncer un peuple commerçant ; ce font des canaux d'arro-
fement qui diftribuent l'eau à volonté dans les terres ; en même temps
qu'ils donnent une communication
facile d'une Ville à une autre , fur-
tout à la Capitale ; & fi l'on fait
attention à l'embelliffement d'un pays,
comme ils font bordés d'arbres , c'eft
la beauté la plus naturelle.

Les Patagons ne connoiffent pas
la guerre civile. Ils ne font pas affez
civilifés pour fe battre & s'égorger entr'eux ; mais ayant éprouvé que les
guerres étrangeres , quoique moins
funeftes , avoient cependant attiré
un déluge de maux fur la Patagonie,
ils ftatuerent, dans une affemblée générale de la Nation , que déformais
on ne connoîtroit plus que la guerre
défenfive.

Au refte , point de troupes fur pied
en temps de paix. La Nation crain-
droit que des foldats, toujours armés
& foudoyés , ne fe changeaffent en
fatellites , aux ordres de l'ambition ,
pour opprimer leurs freres : exercé

aux armes & aux travaux, tout Patagon eſt ſoldat. Le champ qu'il cultive, il ſait le défendre.

Il y a un ordre de Patagons fort conſidéré. Il eſt compoſé de ceux qui ont bien mérité de la patrie; c'eſt une victoire qu'ils ont décidée; c'eſt un grand terrein qu'ils ont défriché; ce ſont des eaux croupiſſantes qu'ils ont fait couler; c'eſt une culture meilleure qu'ils ont imaginée; c'eſt un art de néceſſité qu'ils ont perfectionné; c'eſt une maladie populaire dont ils ont trouvé le remede. Ils ſont entretenus aux frais de l'Etat, & ils ont des places marquées dans toutes les aſſemblées publiques. Nobleſſe purement perſonnelle : leurs enfants auroient bien voulu jouir des mêmes privileges, & vivre dans la conſidération, ſans rien faire; mais le beſoin les a forcés au travail, & ils tâchent de ſe diſtinguer, pour devenir auſſi nobles que leurs peres.

Si parmi ces Nobles il s'en trouve qui attirent encore plus les regards de la Nation par des vertus ſublimes,

par des talents tout-à-fait extraordinaires, on leur donne un collier
de topaze & de grandes poffeffions.
Voilà les grands de la Nation ; &
comme ils font obligés de faire les
honneurs de la Capitale , par des
feftins & des fêtes , ils font ordinairement très - économes , afin de
pouvoir être juftes , généreux &
magnifiques.

Me demandez - vous la maniere
dont les grands font leur cour au
Prince ? Ils ne s'offrent à fes regards
que pour lui procurer l'occafion de
faire du bien ; en forte que s'il fe
trouve feul , il eft affuré que perfonne
ne fouffre , & alors il fe livre , avec
autant de goût que les particuliers ,
aux douceurs de la vie privée.

Les loix l'obligent pourtant à
s'en féparer pendant trois mois de
l'année , qu'il emploie à vifiter toute
la Patagonie, pour voir par lui-même
s'il n'y a point de piece qui fe dé-
range dans le fyftême général. Il
mene avec lui fon fucceffeur, qui s'inftruit en apprenant à connoître le pays,

les hommes & leurs travaux. Pour les loix , on l'en a nourri dès qu'il a pu penfer.

C'eft dans les affemblées de la Nation qu'on fait les loix , & on ne touche aux anciennes que dans le cas, où elles ne font plus applicables au temps préfent. Les Patagons , dès leur origine , n'étoient ni injuftes , ni féroces ; au contraire , ils fe piquoient de juftice & d'humanité : cependant ils fuivoient des loix barbares, fans fe douter de leur barbarie. On ruinoit par la forme de la juftice, ceux qui demandoient juftice ; on puniffoit avant la conviction ; on torturoit, on rouoit, on brûloit, on empaloit, parce que c'étoit la mode. Un vieux Patagon , d'une excellente judiciaire , après s'être fignalé dans la Magiftrature , rédigea un nouveau Code , qui fut adopté avec acclamation. Il a pour titre : *Bon fens des Loix.* En voici quelques articles.

Avant la réformation, il y avoit plufieurs degrés de Jurifdiction , en forte qu'il falloit gagner deux ou trois fois

I 4

la même caufe ; c'étoit une chaîne de longues inquiétudes, & d'interruption de travail pour aller fe défendre au loin. *Ignorez-vous ,* dit le vieux Patagon, *que la célérité de la Juftice eft auffi néceffaire que la Juftice même , & que le Juge ne fauroit être trop près de la chofe à juger ?* Il fut entendu ; chaque territoire habité, ville ou village, a fon Tribunal en dernier reffort ; encore arrive - t - il que l'arbitrage termine plus de procès que les Tribunaux , & c'eft ce que les Juges fouhaitent le plus.

Avant la réformation , les frais de Juftice étoient fi accumulés , que la plupart de ceux qui gagnoient leurs procès , avouoient de bonne foi qu'ils auroient plus gagné en abandonnant la chofe en litige. *Qu'importe au plaideur ,* dit le vieux Patagon , *d'être ruiné par la juftice ou l'injuftice ? Ce que je vois de raifonnable , ce feroit d'entretenir décemment tous les Miniftres des Tribunaux aux frais du public ; puifqu'en travaillant pour lui , ils ne peuvent pas cultiver*

leur champ. Il fut donc établi que dé-
formais la Justice seroit aussi pure que
la lumiere du soleil.

Avant la réformation, il y avoit
des coutumes locales en place de
Loix. On pouvoit avoir tort dans
un lieu, & raison dans un autre.
La raison est une, dit le réformateur.
On ne donne pas deux disciplines à
la même armée. Il n'y eut plus qu'une
Loi universelle, comme on avoit de
tout temps le même poids & la même mesure, afin que le vendeur fri-
pon ne pût pas tendre des pieges à
l'acheteur de bonne foi. Enfin dans le
civil si quelqu'un intente un procès injuste, il est condamné à une amende.

Le Code criminel étoit bien plus
extraordinaire. Un délit armoit la
Justice. On jettoit l'accusé dans un
cachot très-dur pour tous les besoins
de la vie, infect, mal-sain, déses-
pérant par son obscurité. *Eh! savez-*
vous s'il est coupable, dit le réformateur? *ne faut-il pas le convaincre*
avant que de le punir? la prison doit
être sûre, & non pas dure. Docteur, qui

I 5

aimez la raifon & l'humanité, vous
verriez à préfent dans une prifon Patagone, un accufé qui, à la liberté
près, eft auffi-bien que chez lui ; il
a même deux amis, ou deux parents,
à fon choix, pour compagnie.

Avant la réformation, on ne fe
preffoit pas de juger l'accufé. Cent
prétextes en éloignoient le moment ;
quelquefois au bout d'un an, deux
ans, il voyoit encore le glaive de
la Juftice fufpendu fur fa tête.

Mais fi par hazard c'étoit une mé-
prife, s'il n'étoit pas coupable, dit le
nouveau Code, *une longue détention*
blefferoit la Juftice & les entrailles fra-
ternelles des Patagons. On ftatua que
tout accufé feroit jugé dans la révolution d'une lune. Efpace beaucoup
trop long, ajoute la Loi, pour le
courant des chofes.

Avant la réformation, tout fe
paffoit dans le fecret ; interrogatoire,
dépofition de témoins, confronta-
tion, jugement ; comme fi la Juftice,
cette reine majeftueufe des peuples,
redoutoit le grand jour. Le nou-

veau Code interpelle les Juges en ces termes : *Si l'accusé est votre justicia-ble, vous lui devez tous les moyens de se défendre, & à vous - mêmes l'honneur de l'intégrité. Puisque vous êtes hommes, vous pouvez vous pré-venir : savez-vous si du public il ne sortiroit pas quelque rayon de lumiere qui vous éclaireroit ? Ce faux témoin qui ose se parjurer dans le secret, au-roit peut-être du remords à la face de la Nation. Un innocent timide peut se troubler, & avoir l'air d'un cou-pable : donnons-lui un conseil qui le rassure, qui réponde même pour lui. Quand il s'agit de détruire un Paragon, si le crime n'est pas aussi clair que le soleil, il faut du moins qu'il le soit assez pour que tous les Juges soient du même avis.* Le voile du préjugé se déchira ; les liens de l'usage se rom-pirent, & les Juges, en suivant la nouvelle procédure, appellerent le public à leurs sentences.

Avant la réformation, les Juges, pour arracher l'aveu de l'accusé, lorsque les preuves n'étoient pas suffifantes , employoient les tortures : *ne fentez-vous pas* , crioit le réforma- teur , *que la Loi ne doit pas tourmenter avant le Jugement ; que le tourment eft certain , tandis que le crime ne l'eft pas ? & fi ce malheureux qu'on difloque , qu'on déchire , qu'on brûle à petit feu , fe trouve innocent , ô humanité ! ô nature !* Les Tribunaux avoient de la peine à fe rendre , dans la crainte de laifler échapper le crime ; mais il arriva pendant la difcuffion , qu'un coupable vigoureux , en niant obftinément, fut fauvé; & un innocent , d'une complexion foible , en avouant pour finir fes douleurs , fut exécuté. On grava fur l'airain le fait & la Loi qui abolit la torture.

Avant la réformation , les peines capitales étoient fort communes. On avoit fait mourir quantité de domeftiques qui avoient volé quelques bagatelles à leurs Maîtres ; & les Maîtres , dans l'appréhenfion d'être en horreur à tout le voifinage , ne vouloient plus dénoncer leurs ferviteurs;

Nous vous les livrerions, fi vous vous contentiez d'un châtiment modéré, & ils n'iroient pas voler ailleurs.

Quant aux voleurs qui forçoient les maifons, ou qui extorquoient fur le grand chemin, il n'étoit jamais queftion de leur faire grace de la vie. Cependant les vols ne diminuoient point. *La Loi*, dit le rédacteur, *n'inventa les fupplices que pour le bien de la Société. Cent voleurs vigoureux qui, fous une difcipline de fer, défricheroient une terre inculte, deffecheroient un marais, creuferoient un canal, ouvriroient un chemin, ferviroient l'Etat par leur fupplice; & ces exemples vivants & permanents corrigeroient mieux que le fpectacle d'une mort qui paffe en un moment.*

Il y avoit un autre abus très préjudiciable à la fûreté publique. On faifoit fubir la même peine à celui qui voloit fur un grand chemin, & à celui qui voloit & affaffinoit. De-là tous les voleurs de grand chemin devenoient affaffins. Le rédacteur, qui partoit toujours de la Loi primitive du bon fens, fit obferver *que la Loi doit mettre des gradations dans les peines, comme il y en a dans les délits ; & que c'eft en menant les hommes par degrés, qu'on vient à bout de faire de grandes impreſſions fur eux, pour les éloigner du crime.* Le fimple voleur fut donc condamné aux travaux publics.

La peine de mort fut réfervée au meurtre, mais elle fouffrit beaucoup de difficulté pour en déterminer le genre. L'habitude avoit donné aux Tribunaux un penchant décidé pour les fupplices atroces, dans la perfuafion que l'atrocité feule pouvoit arrêter les grands crimes. Ce qui les confirmoit encore dans cette opinion, c'eft qu'un Patagon, après quelques entretiens avec un Efpagnol chez les Chonos, avoit rapporté que, dans notre continent, des peuples très-éclairés ufoient de cette rigueur. ....
Ciel! s'éria le vieux Patagon, *ôte nous ces funeſtes lumieres : il ne faut pas mener les hommes par les voies extrêmes ; eſſayons ſi leur eſprit peut être*

autant frappé par les peines modérées,
qu'il l'est à présent par les grandes.
Je suis convaincu que les peines atro-
ces, sans être plus utiles, laissent sur
une Nation une tache de barbarie. Il
avoit montré tant de raison dans tout
le reste, qu'on ne craignit pas de se
tromper avec lui. C'est depuis ce
temps-là qu'on se contente de noyer
ceux qui ont répandu le sang humain ; & comme les crimes ne se sont
pas multipliés, on a été pleinement
convaincu que l'atrocité des peines
est au moins inutile. Le jour de l'exécution, spectacle, fort rare, la frayeur
est si générale, que chacun se tient
renfermé chez soi pour ne pas voir
périr un Patagon.

Tous les Jugements, comme je
vous l'ai dit, sont en dernier ressort,
excepté le cas de la peine capitale.
Nulle sentence de mort n'est exécutée
sans que le Souverain l'ait signée.
La loi semble lui dire : il s'agit d'un
homme, & vous êtes homme ; voyez
s'il est absolument nécessaire de le
détruire.

Une espece de traitant Patagon, pour enrichir le fisc, avoit proposé de confisquer le bien d'un homme sentencié. *Barbare !* lui dit le Prince, *sa femme & ses enfants ne sont - ils pas assez malheureux, elle d'avoir eu un tel mari, & eux un tel pere ? veux-tu donc que la Loi frappe des têtes innocentes ?* On dépouilla le proposant d'une partie de ses richesses, qui fut appliquée à la famille orpheline.

La désertion est extrêmement rare dans ce pays. La Nation n'ayant que des guerres défensives, le soldat retenu par sa maison, son champ, sa femme, ses enfants, défend ses propres foyers en défendant ceux des autres. Cependant il arriva dans une guerre où le soldat souffroit beaucoup, par la faute des pourvoyeurs de l'armée, que la désertion devenoit fréquente. Un Officier général vouloit qu'on l'arrêtât par la peine de mort.... *Nous ne craignons pas la mort*, dirent les soldats, *puisque nous nous y exposons. Mais nous*

avons en horreur les hommes durs ; &
ils ne méritent pas de nous commander.
Il perdit fa place ; on punit les pourvoyeurs , & la défertion ceffa. Voici
la punition du déferteur ; on le promene dans le camp pendant trois
jours en habit de femme , & on le
rejette du fervice. Il s'en trouve qui
préféreroient la mort.

Il n'y a point de punition pour les
délateurs ; foit parce que la délation
y eft inconnue , foit qu'on n'en tienne
aucun compte. Quiconque accufe , le
fait en face de la Loi ; & s'il a calom-
nié , il eft condamné à la même peine
qu'il vouloit faire fubir à l'innocence.

Ce que la Nation admire le plus
dans le nouveau Code , c'eft que les
Loix y font fimples , claires , fen-
fibles , précifes ; rien d'arbitraire. Le
public connoiffoit à peine les anciennes loix , qu'on ne ceffoit de commenter & d'interpréter dans des fens con-
traires. Preuve évidente qu'elles étoient
obfcures & captieufes ; il eft févérement défendu de commenter celles-
ci , & le catéchifme de la jeuneffe ,
c'eft de les apprendre.

Tel eſt l'eſprit des Loix Patagones.
Un Miniſtre (on ne ſait pourquoi)
tenta de rendre la Magiſtrature hé‑
réditaire & vénale. Nous y conſen‑
tons, dit la Nation aſſemblée, pourvu
qu'on établiſſe auſſi la ſucceſſion du
fils aux lumieres du pere , & la vé‑
nalité du bon ſens. On n'en parla plus.
Et moi auſſi , je me tais ; parce que
plus j'en dirois , plus j'aurois de cor‑
rections à faire, lorſque votre vaiſſeau
apportera les documents ; ce ſeroit une
choſe fort plaiſante s'il n'y avoit rien
à corriger.

Je n'imaginois pas , mon cher
confrere, en faiſant connoiſſance avec
vos géants , qu'ils m'emporteroient ſi
loin. Au lieu d'une Lettre , j'ai preſ‑
que fait un livre ; je ne vous ſouhaite
ni leur taille , ni leur force. Tout eſt
bien , comme vous le ſavez , dans le
meilleur des mondes poſſibles ; mais je
fais pour vous la priere de Socrate ,
mentem ſanam in corpore ſano. Jouiſſez
long-temps, dans un corps bien ſain ,
de votre raiſon , la raiſon des Philo‑
ſophes ; vos amis & les ſciences y ga‑
gneront. FAREWELL.

CHINKI,

HISTOIRE COCHINCHINOISE,
Qui peut servir à d'autres Pays.

CHAPITRE PREMIER.

Comment Chinki se trouvoit heureux.

CHINKI vivoit en Cochinchine, dans la belle province de Pulo-cambi, au pied des riantes montagnes qu'un peuple Agriculteur avoit fécondées: toutes coupées en terrasses, elles représentoient de loin des pyramides immenses, divisées en plusieurs étages qui sembloient s'élever au ciel. De ces hauteurs couloient des sources abondantes qui venoient arroser les plaines & former des rivieres. Jamais le Gouvernement n'avoit eu besoin d'encourager l'agriculture par des prix, ni de la diriger à telle ou telle production. Jamais on n'y avoit pro-

pofé ni nouvelle charrue , ni nouveau
femoir. La propriété , la fureté , la
liberté , le partage des terres à une
infinité de petits colons , l'eftime ac-
cordée à l'agriculture , comme au
premier des arts ; avec ces moyens
vraiment phyfiques , tout profpéroit ,
parce que tout étoit dans l'ordre de
la nature.

C'eft dans ce paradis terreftre ,
dans le vallon de Kilam , que Chinki
cultivoit le riz , le mahis , le millet ,
les patates , la canne à fucre , le
cotonnier , le mûrier , l'oranger ,
l'ananas , & le cocotier , d'où découle
un vin agréable. Il s'étoit marié entre
vingt-cinq & trente ans , temps de
maturité , où l'homme fe reproduit
avec plus d'avantage. Il avoit deux
femmes qui lui avoient donné douze
enfants , en fix ans de mariage , &
qui difputoient fa tendreffe en par-
tageant fes travaux. Ses enfants , en
fe jouant dans les fillons , autour de
la charrue , de la bêche & des troupeaux , apprenoient déja à connoître
la premiere deftination de l'homme ,

& peut-être fon bonheur. Ses domeftiques ne fentoient la fupériorité du
Maître, que par les biens qu'ils en
recevoient.

Rien ne manquoit à la profpérité
de la famille. La terre rendoit cent
pour cent. L'habitation étoit commode. Les greniers & les celliers toujours pleins, les troupeaux nombreux,
les vêtements propres, quelquefois
un peu de parure ; les délaffements
fe mêloient au travail. Chinki, à la
fin de chaque femaine, donnoit une
fête champêtre, où il affembloit la
jeuneffe du voifinage. Ses deux époufes avec une fanté fleurie, des graces
naïves, l'humeur enjouée, fruit de
l'innocence & de l'aifance, appelloient
les vrais plaifirs. Il étoit lettré pour
un homme de fon état. Tous les jours,
quand il quittoit fon travail, il lifoit
quelque livre d'agriculture, les loix
fimples, ou l'hiftoire de fon pays, &
la morale de Confucius. Il ne demandoit au *Tyen* (*a*) que la continuation
de fon bonheur.

(*a*) Le Dieu du Ciel.

CHAPITRE II.

Augmentation inattendue du tribut.

VINT le jour de s'acquitter du tribut public qui se payoit en nature ; usage que la Cochinchine avoit reçu de la Chine , pour éviter l'inégalité arbitraire , les vexations & les retardements , aussi nuisibles au sujet qu'au Prince. Le Mandarin chargé de percevoir, se présenta. La récolte étoit sur le champ. Soyez le bien-venu , dit Chinki ; prenez la trentieme partie des fruits de mon travail , & que le Royaume prospere toujours. Vous ne savez donc pas , reprit le Mandarin, qu'un nouvel Édit porte le tribut à la vingtieme partie ? Je l'ignorois , répondit Chinki ; mais sans doute que l'État a quelque nouveau besoin que j'ignore aussi. Prenez la vingtieme partie ; & que le Ciel bénisse toujours le Prince.

Ce que Chinki avoit soupçonné ,

étoit vrai. On vouloit augmenter les
forces de terre & de mer, former des
établiſſements pour de nouvelles branches de commerce, élever des monuments publics dans la Capitale & les
autres grandes villes. Dans les grands
beſoins, les bons Rois ont encore plus
de peine à demander, que les ſujets
à donner.

CHAPITRE III.

*Moyens que Chinki met en uſage pour
ne pas diminuer ſa ſubſiſtance.*

L'ANNÉE ſuivante, comme l'augmentation du tribut ne ſuffiſoit
pas, on délibéra dans le Conſeil
Royal ſur ce qu'il y avoit à faire.
Des génies conſommés dans la ſcience
des tributs, étoient arrivés du Mogol.
Ils propoſerent de lever le tribut en
argent. Le Roi ne goûtoit gueres la
propoſition. Le Mandarin qui pré-
ſidoit aux finances, y voyoit auſſi du
danger. Cependant, à cauſe des be-

foins de l'Etat, il fut décidé qu'on pouvoit effayer. L'éffai fut long ; les terres furent taxées arbitrairement ; & ce ne furent plus des Mandarins qui furent prépofés à la levée du tribut, mais des mercenaires plus habiles. Chinki avoit plus de denrées que de taels (*a*), dont il faifoit peu de cas, parce qu'il en avoit fort peu befoin. Il vendit à perte, pour ne pas s'expofer à perdre davantage par les pourfuites du recouvrement ; & en calculant, il trouva que ce nouveau fyftême lui enlevoit le quart du produit net de fon travail. Ses femmes, qui jufques-là n'avoient fenti que la gaieté, devenoient triftes. Chaffez, leur dit-il, ces nuages qui obfcurciffent vos traits. Il eft jufte de facrifier quelque chofe de fon aifance aux befoins de l'Etat qui protege nos propriétés. Je vais remplir le vuide qui s'y forme, par le défrichement d'un terrein qui promet peu, à la vérité ; mais quand il ne me rendroit que cinquante ou quarante pour cent, ce nouveau pro-

(*a*) Monnoie qui vaut vingt fols de France.

duit

duit diminuera le poids du tribut.
Il se livra donc à toutes les avances
du défrichement : un grand nombre
de cultivateurs en firent autant ; &
l'on vit dans l'étendue des Provinces
de nouvelles productions.

Voyez, dirent au Prince, les Pu-
blicains du Mogol, le bon effet de
la nouvelle administration. Vos sujets
y gagnent ; & il est juste que ces nouvelles productions rendent aussi quelque chose à votre trésor. Effectivement elles furent taxées : mais, comme
il falloit prélever les avances, la taxe
se trouva plus forte que les nouvelles
valeurs. Chinki, puni par son travail,
abandonna cette moisson naissante,
bien loin de penser à d'autres dé-
frichements ; & tous ceux qui cal-
culerent comme lui, se dégoûte-
rent aussi.

Ses épouses, pour ne pas montrer
leur humeur, tomboient dans une
mélancolie sourde, que le mari, par
leur retenue même, sentoit encore
plus vivement. Ce fut bien pis, lorsqu'il supprima cette fête champêtre

* K

qu'il leur donnoit chaque semaine,
& qui entraînoit quelques dépenses.
Elles laifferent échapper des plaintes
pour la premiere fois.

CHAPITRE IV.

Chinki obligé de retrancher toute aifance.

LEs befoins de l'Etat fubfiftoient,
& la nouvelle forme de percevoir
n'augmentoit pas le tréfor public,
parce que le produit s'abforboit, en
grande partie, par les falaires des
employés à la perception. Les Pu-
blicains furent obligés, de temps à
autre, de creufer quelque nouvelle
fource d'argent, qui, par des voies
détournées, minoient les terres; en
forte que, dans la révolution de huit
ans, Chinki fe vit réduit à la moitié
de fes jouiffances.

Il n'y avoit que fa famille qui augmentoit. Il avoit alors vingt-quatre
enfants, dix-huit garçons & fix
filles, tous promettant beaucoup;

belle génération, s'il avoit eû les
moyens de la faire subsister. Il pensa
aux retranchements qu'il pouvoit
faire sur l'aisance. Ses domestiques,
c'est-à-dire, les compagnons de ses
travaux, étoient nombreux. Amis,
leur dit-il, ces champs que vous cul-
tivez avec moi, vous donnoient une
vie aussi douce que la mienne. Il
faut se conformer au temps : cet
excellent riz, ce lait, cette chair de
mes troupeaux, dont je vous nour-
rissois, ce vin de cocotier dont je
vous abreuvois ; je suis forcé à
convertir en taels la plus grande
partie de tout cela. Vous vivrez de
patates, de mahis, de cassave &
d'eau pure. Vous êtes un bon Maître, lui répondirent les domestiques.
Nous vous aimons, nous soutien-
drons cette vie dure, autant que
nous le pourrons ; mais vous savez
que la bonne subsistance est la premiere raison de tous les hommes.

Le Maître sentit trop la valeur
de cette raison ; mais il crut que
les retranchements qu'il alloit tenter

fur fes enfants , adouciroient un peu
la peine des domeftiques. Rien n'é-
toit fermé dans la maifon ; la figue ,
l'orange , l'ananas , cent autres fruits
délicieux , auffi-bien que les nourri-
tures plus fubftantielles , tout étoit
à la difcrétion de la famille. Les
enfants n'avoient d'autre regle que
leur appétit , fans connoître la par-
cimonie & les indigeftions. Tout
fut mis en réferve , tout fut compté.
Leurs vêtements étoient propres , &
un peu recherchés ; ce qui plaifoit
beaucoup aux deux meres. Ils ne furent plus vêtus que de l'étoffe groffiere
qui habilloit les domeftiques. Le pere,
en faifant ces retranchements , ne
s'épargnoit pas lui - même ; & c'eft
ce qui lui coûtoit le moins.

Les deux meres , à l'afpect de
toutes ces privations, menerent Chinki
fous le berceau de verdure où il les
avoit époufées ; elles y avoient fait
porter leurs robes & les ornements qui
convenoient à leur fexe & à leur état.
Voici le lieu, lui dirent-elles, où vous
avez reçu notre foi , & où votre main

nous a parées. Nos beaux jours font
paffés. Reprenez tout cela , & faites-
en des taels, puifqu'il faut dépendre
de ce métal. Nous fouffrirons avec
vous. Chinki fe mit à pleurer.

Il étendit fon économie jufques
fur la génération. Je fuis pere de
vingt-quatre enfants , leur dit-il : nous
les éleverons comme nous pourrons ;
je ne veux plus faire de malheureux.
Vous oubliez donc , répondirent-
elles , les préceptes de Confucius ,
dont vous nous avez fait tant d'é-
loges. N'a-t-il pas dit que la béné-
diction des peres & des meres , fera
de voir beaucoup d'enfants autour de
leur table ?... Oui ; mais il faut ,
avant tout , qu'il y ait quelque chofe
fur cette table.

Au refte , il tâchoit d'encourager
les deux meres , les enfants & les
domeftiques , par l'égalité de fon
humeur , par la douceur de fes paroles , & tous les fecours de la morale. Mais le befoin n'a point d'o-
reilles.

K 3

CHAPITRE V.

Origine des Seigneurs territoriaux dans la Cochinchine.

CE qui se passoit dans la maison de Chinki, se multiplioit à-peu-près dans toutes les familles des cultivateurs. Il y eut des plaintes, des murmures, des cris perçants, qui retentirent jusqu'à la Capitale, & au pied du trône. Le Roi assembla les Princes, les grands Mandarins & les Tlamas-touès, c'est-à-dire, les Officiers Généraux de l'armée. Vous connoissez, dit-il, les besoins extraordinaires de l'Etat, & mon amour pour mon peuple. Je voudrois satisfaire à tout, sans arracher des plaintes. Ces plaintes m'affligent. Quels sont les remedes?

On ouvrit différents avis qui tomberent par la discussion. Un Tlamas-touès proposa le sien en ces termes: Grand Roi, ce qui donne de l'insolence à votre peuple, c'est la pro-

priété & la liberté. On n'a point
entendu dire que les efclaves du
Tunquin & du Mogol ofent fe plaindre. Etabliffez dans vos Etats un
Ordre de nobleffe héréditaire , qui
comprendra les Seigneurs de votre
Cour, les Mandarins de la Capitale
& des Provinces , & tous les Officiers
de vos armées. Diftribuez les terres
à cet Ordre éminent, à chacun felon fon rang , fes fervices & fon importance ; & que le corps de la
Nation fait pour le travail , attende
dans l'efclavage la fubfiftance , telle
qu'on voudra la lui laiffer. C'eft ainfi
qu'en vous attachant le fort par des
bienfaits , vous tiendrez le foible
dans une foumiffion éternelle ; & le
tribut , quel qu'il foit , fe paiera
par les mains de la reconnoiffance.

Barbare , dit le Roi , oubliez-
vous que je fuis le pere commun de
la grande famille? Moi! jeter mes enfants dans l'efclavage ? Quelle gloire,
quelle fatisfaction aurois-je à commander à des efclaves ? Plus d'arts ,
plus de fciences , plus de talents ,

plus de vertus. S'il faut donner aux campagnes des Chefs en autorité, que ce foient des images de ma bonté, & non des tyrans fubalternes qui les afferviffent.

Un Seigneur de la Cour, faififfant cette idée qu'il encenfoit, propofa de créer dans chaque canton d'une certaine étendue des Seigneurs territoriaux, fort honnêtes & fort doux, qui inftruiroient les cultivateurs des befoins de l'Etat, afin de fupprimer leurs plaintes ; qui auroient des Officiers de Juftice pour le bon ordre, & qui fe contenteroient de certains petits droits utiles & honorifiques, qui furent fpécifiés dans un Edit folemnel. Ces Seigneurs, fort honnêtes & fort doux, avoient déja quelques propriétés dans leurs cantons refpectifs. Ils les étendirent, par la raifon qu'une riviere engloutit les ruiffeaux : ils étendirent auffi leurs droits utiles par le moyen de leurs Officiers de Juftice. Marioient-ils leurs filles ? ils exigeoient un préfent de noces, pour former une partie de la dot. Avoient-ils quelques terreins à remuer dans leurs propriétés ? les cultivateurs leur devoient tant de journées annuellement. Si un particulier vendoit un héritage, le Seigneur prélevoit une portion du prix ; (a) une charge toujours subsistante, c'étoit un centieme de la récolte générale.

Quant aux droits honorifiques, c'étoit de se prosterner, quand il passoit ; de prier le Ciel dans les Pagodes pour sa conservation ; de brûler du benjoin devant lui comme sur l'autel, & d'autres observances pareilles.

CHAPITRE VI.

Révolution dans les esprits, qui jette Chinki dans de grandes détresses.

CHINKI se trouvoit placé dans le domaine d'un grand Mandarin, qui se pressa d'élever un Château superbe, annoncé par de belles ave-

(a) Le droit qu'on appelle en Europe *lods & ventes.*

K 5

nues , décoré de jardins délicieux , & d'un parc fort étendu. Il avoit, pour le fervir , plus de fainéants qu'il n'en falloit pour cultiver un grand terrein. La nouvelle conftitution ame-noit de grands changements dans les idées.

De toute ancienneté on avoit cru dans la Cochinchine , que les ani-maux fauvages appartenoient au pre-mier qui fait les prendre. Chinki réfolut de s'en faire une reffource ; chofe à quoi il n'avoit pas penfé au temps de fa profpérité. Je chafferai, dit-il , à certain jour que la terre ne demandera pas mon travail. Il effaya; & il revenoit chargé d'une chevre fauvage, que les Gardes de la terre lui enleverent avec fon arc , en lui difant : téméraire ! on te fait grace pour la premiere fois , de la punition que tu mérites.

Le lendemain , comme il étoit dans fon champ, il prit deux gazelles qui venoient manger fon riz. Le fait vint aux oreilles du grand Mandarin. Il y avoit dans ce moment des nou-

velles publiques fort intéreſſantes ; on
ne parla que de celle-ci dans tout le
Château. La Juſtice informa ; Chinki
fut condamné à une amende de 50
taels. Il ne pouvoit pas comprendre
quelle ſorte d'injuſtice il y avoit à ſe
délivrer d'un animal nuiſible , que le
Seigneur tuoit pour ſon plaiſir.

À la bonne heure , dit-il ; la chaſſe
eſt peut - être ſa paſſion dominante.
Tournons-nous du côté de la pêche.
Je ne l'ai pas encore vu pêcher ; &
puis il y a tant de poiſſons dans nos
rivieres. Il tendit ſes filets , & fut
heureux. Nouveau délit , nouvelle
amende plus forte que la premiere.
Ses épouſes , de leur côté , dirent
entre elles : le ſel nous met en dé-
penſe ; il en faut beaucoup pour nos
beſtiaux. La mer nous touche ;
eſſayons d'en faire , & Chinki nous
louera. Elles partent à ſon inſu , elles
arrivent , elles rempliſſent quelques
vaſes de cette eau ſalée. Un homme
à face dure , qui veilloit à ce qu'on
n'épuiſât pas la mer , les arrête pour
les amener au Juge. Heureuſement

K 6

pour les pauvres affligées, un Thamas-
rouès qui passoit par-là, dit à l'homme
dur : voilà vingt taels, & vingt coups
de bâton, tout prêts ; vingt coups de
bâton, entends-tu ? si tu ne laisses en
liberté ces bonnes femmes : choisis.
Il choisit les taels. Chinki, apprenant
cette malencontre, ne savoit plus s'il
pourroit respirer impunément l'air
commun à tous.

On avoit pensé de pere en fils que
l'agriculture étoit le plus noble de
tous les métiers. Chinki voyoit venir
au Château des vernisseurs, des ouvriers en laque, en magots, en por-
celaine, qui étoient bien mis, fort
considérés, & que le Mandarin ad-
mettoit quelquefois même à sa table.
Il doutoit s'il pouvoit encore se pré-
férer à eux : mais du moins il se mettoit au - dessus des domestiques du
Seigneur. Dans cette opinion, il ne
vouloit pas les saluer avant d'en être
prévenu. L'un d'eux jura qu'il lui
apprendroit son devoir ; & la leçon
fut un soufflet. Chinki paya amplement la leçon avec un bâton qu'il te-

noit à la main. Il fut arrêté, jeté
dans une prison & condamné au carcan. Je ne suis point l'aggresseur; s'é-
crioit-il; peut - être ai-je un peu ex-
cédé une juste vengeance : mais quel
est l'homme qui se possede assez en
recevant un soufflet? Enfin l'insolent
n'est ni mort ni blessé.... Au carcan!..
Sot, lui dit le Juge, ne crois pas
qu'on te punisse pour avoir frappé un
vil esclave qui ne vaut pas mieux que
toi; mais c'est pour avoir insulté la
livrée d'un grand Mandarin. Toutes
ces idées le confondirent encore plus.
Il n'entendoit pas comment un homme méritoit moins d'égards que l'habit d'un autre.

On avoit encore tenu pour certain
que tous les hommes étoient pétris
du même limon; & jusques-là ce qui
les distinguoit, c'étoit le mérite &
les places. Ce temps n'étoit plus. Ceux
qu'on avoit déclaré Nobles d'origine, & sur-tout les grands Mandarins allerent s'imaginer que leur
sang étoit plus pur, plus analogue
aux grandes vertus que celui des au-

tres hommes. Ils le difoient, ils l'im-
primoient, ils le faifoient chanter
fur le théatre. Quelques Philofophes
(car il y en a par-tout où il y a de
la raifon) contefterent cette nou-
veauté. On les appella des infolents
qui méritoient d'être châtiés ; & peu
s'en fallut qu'on ne fît paffer l'opinion nouvelle en loi d'Etat.

CHAPITRE VII.

Chinki délibere fur ce qu'il fera de fes
enfants.

CHINKI, harcelé fans ceffe par
le Seigneur territorial, bafoué
par fes efclaves & par les ouvriers
qui venoient au Château, réduit à
l'abfolu néceffaire, & ne trouvant
plus dans fa famille, autrefois fi aifée
& fi joyeufe, que le befoin & la trif-
teffe plaintive, fut trop convaincu
que la terre ne fuffifoit plus à la fubfiftance & au bonheur de ceux qui
la cultivent. Il jeta fes regards in-

culets fur les arts, non pour lui ; car,
à fon âge, il n'étoit plus temps, mais,
pour fa malheureufe famille. Naru,
le plus âgé de fes fils, avoit douze
ans ; & Dinka, fa fille aînée, qua-
torze. Il avoit oui dire que les arts
fleuriffoient dans la Capitale, que
tous les métiers y étoient en valeur, parce que tout l'or de l'Etat
s'y étoit accumulé. Effectivement on
n'en voyoit plus dans les Provinces.
Il prit donc la route de la Ville
royale, autrement *Diuh-hac*, avec
fes deux enfants, pour les mettre en
apprentiffage, comptant bien y placer
les autres, à mefure qu'ils grandi-
roient. Il traverfa la riche Province
de Cacham, celle de Quanquia, &
arriva. Il fut extrêmement furpris de
fe voir fouiller aux barrieres. Il jura
par le *Tyen*, qu'il n'avoit volé perfonne, & que dans fa race on avoit
toujours donné à l'indigent, bien
loin de voler. Il avoit dans fa poche,
du bétel de Guzarate : on le lui enleve. Pourquoi donc, dit-il ? avez-
vous peur qu'il ne nuife à ma fanté ?

chacun en mâche , & je préfere celui
de Guzarate à tout autre. Il n'y a pas
de mal à cela , lui répondit-on : mais
comme il eſt prohibé , vous en ſerez
quitte pour cinquante taels.

Chinki , dépouillé de ſon bétel , &
avec cinquante taels de moins, courut
vingt hôtelleries où l'on ne logeoit
point de Laboureurs. Enfin , par cha‑
rité & pour deux taels par jour , on
le mit , avec ſes deux enfants, dans
un petit réduit obſcur & mal-ſain. Il
ſe ſouvint d'avoir donné cent fois
une hoſpitalité honnête à des voya‑
geurs , en les remerciant d'avoir pré‑
féré ſa maiſon à toute autre, n'ayant
jamais quitté le beau vallon de Kilam
où il étoit né , parce qu'il y trouvoit
ſon bonheur. Il employa quelques
jours à parcourir la ville , monde bien
nouveau pour lui.

Le phyſique & le moral , tout l'é‑
tonnoit. Des palais magnifiques dans
des rues étroites & dégoûtantes : des
lanternes qui n'éclairoient pas les
nuits de toutes les ſaiſons : une belle
riviere , & point de fontaines publi‑

ques : de l'eau qu'on puiſoit au milieu des égouts , pour la vendre aux
particuliers : des marchés qui reſſem-
bloient à des cloaques : des bou-
cheries qui infectoient le centre de
la ville : dés hôpitaux où les corps les
plus ſains auroient aſpiré des germes
de mort : de grandes placés bien dé-
corées , où l'on voyoit peu de monde:
& des carrefours ſerrés , où l'on s'é-
touffoit pour entendre des hiſtrions :
une multitude affairée qui couroit
toujours , les uns à pied , les autres
dans des voitures dorées , avec des
viſages peints : des hommes qu'il
croyoit freres , & qu'il falloit garder
nuit & jour les uns des autres contre
le vol & l'aſſaſſinat : à côté de l'a-
bondance & du luxe dont il étoit
frappé à chaque pas , des malheureux
à demi-nuds qui mendioient leur pain,
& d'autres qu'on alloit pendre. Ce
qui attira le plus ſon attention relativement à l'objet de ſon voyage ,
c'étoient les arts étalés de toute part,

CHAPITRE VIII.

Comment Chinki perd sa qualité de Cochinchinois chez un Tailleur.

S'Il est des temps où une Nation a trop d'ignorance & de sottises, il en est d'autres où elle a trop de lumieres & d'esprit. Sous une longue suite de regnes les arts & métiers avoient été aussi libres que l'air. L'ouvrier qui faisoit bien, étoit récompensé par la mesure du salaire, & par les éloges du Public. Celui qui faisoit de mauvais ouvrages, étoit puni en ne vendant pas. Depuis quelque temps, pour perfectionner les arts, on les avoit enchaînés dans un cercle de réglemens de toute espéce & de dépenses bien onéreuses. Chinki ignoroit tout cela ; & réfléchissant seulement sur les métiers où l'ouvrage ne manque jamais, il entra chez un Tailleur.

Le Tailleur ne travailloit pas ce

jour-là , parce qu'il devoit aller à un
repas de Maîtrise. Il étoit fort bien
mis ; & sa femme encore mieux ,
dans un appartement élégamment
meublé. Pardon , lui dit Chinki ,
tenant son fils Naru par la main ; je
croyois m'adresser à un Tailleur. Vous
êtes peut-être un Seigneur Territorial.
J'en ai habillé plus d'un , répondit le
Tailleur : *mais que voulez-vous de moi?*
Vous faire habiller sans doute ? ...Point
du tout. Vous donner cet enfant en
apprentissage. *Est-il étranger ?* .... Non
assurément. Il y a plus de huit siecles ; que de pere en fils , nous cul-
tivons les mêmes champs dans le
vallon de Kilam , le plus beau de la
Cochinchine. Y en eût-il dix , reprit
le Tailleur , il n'en seroit pas moins
étranger , selon nos réglements , puisqu'il n'est pas né dans la ville ; & je
crois devoir vous avertir que , quand
il demandera la Maîtrise , il sera sujet
à des droits triples. Comment , dit
Chinki , il faut payer pour faire ce
que l'on sait , & pour se rendre utile ?
Je ne veux point d'un métier où l'on

rançonne le° favoir-faire , & où l'on
traite d'étranger un fujet du Roi.
Mon fils ne fera pas Tailleur.

═══════════════════════════

CHAPITRE IX.

*Pourquoi Chinki ne peut réuſſir à mettre
fon fils chez un Boulanger.*

MAITRE , dit Chinki à un Boulanger , je vous amene un apprentif , fi vous voulez le recevoir....
Eſt-il fils de Maître ? ... Oui , de
Maître Laboureur , vous voyez fon
pere. ...Bon homme , reprit le Boulanger , apprenez que votre fils , après
fon apprentiſſage , fût-il auſſi habile
que moi , ne fera pas reçu à la Maîtrife , n'étant pas fils de Maître Boulanger. Si du moins il étoit fils de
compagnon , on pourroit l'avancer ;
tel eſt le réglement. Je croyois , dit
Chinki , qu'on jugeoit l'ouvrier par
l'ouvrage , & non par la naiſſance.
Le fils d'un Maître hérite-t-il de l'habileté du pere ? Le mien ne fera pas
Boulanger.

CHAPITRE X.

Embarras de Chinki, faute d'entendre les finesses de la langue.

ARGENT de mes pâtés, crioit un Pâtissier aux passants ; j'aimerois mieux, lui dit Chinki, que cet enfant en sût faire que de les manger. Chargez - vous de l'instruire pour le prix dont nous conviendrons... *Est-il fils de Maître ?* .. On m'a déja fait cette question ; il n'a pas ce bonheur-là.... *Eh bien! est - il du moins fils à Maître ?* Je ne vous entends pas... *Je vais me faire entendre. Est-il né avant l'admission de son pere à la Maîtrise ou après ?* ... Ni l'un, ni l'autre, puisque je suis son pere, honnête Laboureur. Tant pis pour vous & pour lui, reprit le Pâtissier ; car s'il étoit du moins fils à Maître, quand il sera question de le recevoir à la Maîtrise, quoiqu'il paieroit le double d'un fils de Maître, il paieroit cependant beaucoup moins qu'un sujet qui n'a ni l'une ni l'autre de ces qualités. J'étois perfuadé, dit Chinki, que la feule qualité qu'on demandoit à un Pâtiffier, c'étoit de faire de bons pâtés. Mon fils n'en fera ni de bons, ni de mauvais. Adieu, vendez toujours bien les vôtres.

CHAPITRE XI.

Chinki obligé de convenir qu'on trouve toujours plus malheureux que foi.

C'Étoit l'heure du dîner. Chinki entra dans la premiere taverne. A la table où il s'affit, étoient deux ouvriers qui mangeoient d'un air trifte, fans dire mot : un Corroyeur & un Tanneur. Il leur conta avec amer- tume fes aventures de la matinée. Il m'eft arrivé bien pis, dit le Corroyeur, quand j'ai demandé la Maîtrife, il y a fix mois. Je n'étois ni fils de Maître, ni fils à Maître. Il ne me ref- toit qu'une reffource, celle d'époufer une veuve, ou une fille de Maître ; car l'une & l'autre, felon les réglements,

apportent le privilege de Maîtrise. Je
me suis déterminé pour une veuve qui
s'avise, à soixante ans, d'être jalouse.
Je n'ai de bons moments que quand
je suis éloigné d'elle. Voilà pourquoi
je dîne ici, au lieu de manger chez
moi à côté de mon commerce.

Que n'ai-je votre veuve, reprit le
Tanneur, plutôt que d'avoir épousé
une fille de Maître! Il faut les prendre
telles qu'elles se trouvent. Je lui passe
d'être louche & bossue : mais je ne lui
passe pas d'être acariâtre, & de vouloir exercer chez moi la maîtrise en
toute façon.

Amis, leur dit Chinki, vous êtes
encore plus à plaindre que moi, qui
ai deux femmes dont je suis fort
content, & vous m'éclairez sur l'esprit de vos réglements. Je ne veux
pour mon fils ni veuve de soixante
ans, ni fille louche, bossue & acariâtre. Il ne sera ni Corroyeur, ni
Tanneur. Je vais tenter fortune chez
un Cordonnier.

CHAPITRE XII.

*Il n'est pas toujours vrai que les Cor-
donniers soient les plus mal chaussés.*

CELUI auquel Chinki s'adressa,
venoit de prendre mesure à un
Mandarin de la Cour. Il quittoit une
belle robe de soie pour reprendre son
habit de travail, & certainement sa
chaussure répondoit à sa robe. Oh!
dit Chinki en lui-même, voici un
bon métier... Heureux Maître, rendez
mon fils aussi habile que vous... *J'ai
déja un apprentif, vous le voyez...*
Qu'importe? vous les formerez en-
semble. Votre peine n'en sera gueres
plus grande... *S'il importe! payerez-
vous cent taels d'amende pour moi, qui
serai obligé outre cela de vous rendre
votre fils? Un seul apprentif; tel est le
réglement.* Cela ne peut être, reprit
Chinki; vos réglements dérégleroient
le bon sens. N'est-il pas du bien public
de multiplier, autant qu'il est possible,
les

les hommes occupés ? Une telle abſurdité... Il alloit continuer , lorſqu'on vint avertir le juré Cordonnier, qu'un Savetier avoit oſé faire des ſouliers neufs. Le Cordonnier quittoit Chinki pour courir au délit : mais au même moment un Juré Savetier entroit pour ſaiſir le Cordonnier , qui avoit réparé de vieilles chauſſures.

Quoi ! dit Chinki , l'un eſt puni pour avoir fait du neuf , l'autre pour avoir reſtauré du vieux ! Fera des ſouliers qui voudra, Naru n'en fera pas. Eh bien ! reprit le Maître , voyez quelque métier au deſſous du nôtre ; Bonnetier , par exemple , Tonnelier.

CHAPITRE XIII.

Erreur de Chinki ſur la facilité de faire
des bonnets & des tonneaux.

CHINKI, par un bonheur ſingulier , trouvoit un Bonnetier bien diſpoſé. On étoit déja d'accord ſur le prix de l'apprentiſſage. Dieu ſoit

* L

loué, dit - il : mon fils saura donc
faire des bonnets dans un an ou deux,
au plus... *Non*, *l'apprentissage est de*
*quatre ans...*Eh bien ! soit ; dans quatre
ans , il sera donc Maître ?... *Pas en-*
core, il faut, outre cela, six ans de
compagnonage. Y pensez - vous , dit
Chinki ? Dix ans pour être Maître
dans l'art des bonnets ! Celui qui a
fait le réglement du bonnet , n'avoit
point de tête. Naru ! tu ne feras pas
des bonnets. Eh bien ! qu'il fasse des
tonneaux , répondit le Bonnetier ; il
en sera quitte pour sept ans d'apprentissage , sans compagnonage. Il n'en
faudroit pas tant , répliqua Chinki ,
pour apprendre à construire un vais-
feau. Le terme de l'apprentissage doit
être celui où l'on n'a plus besoin d'instruction , adieu. Je trouverai peut-
être quelque métier , où l'on convien-
dra de ce principe.

CHAPITRE XIV.

Compassion illusoire d'un Vinaigrier pour Chinki.

UN Vinaigrier sortoit de la fabrique du Bonnetier au même moment que Chinki; il avoit tout entendu. Je partage votre peine, lui dit-il ; ces Bonnetiers, ces Tonneliers font les merveilleux, comme s'il étoit plus difficile de faire un bonnet ou un tonneau, que de composer de l'excellent vinaigre. Placez ce cher enfant dans notre métier. J'y consens, dit Chinki ; car enfin, pourvu qu'il apprenne à se tirer de la misere en honnête homme, n'importe comment ; je vous le livre. Ah! si j'avois sept ans de maîtrise, répondit le Vinaigrier, pour avoir droit de former un éleve, comme le réglement le porte, je m'en chargerois volontiers ; mais je n'en compte que quatre. Sept ans de maîtrise, répli-

qua Chinki , pour donner des leçons
de vinaigre ! Je vois que votre corps
a ſes difficultés comme les autres. Je
chercherai ailleurs.

CHAPITRE XV.

Une choſe amene l'autre.

CHINKI avoit beſoin d'un pot
pour cuire ſon riz. Il entra chez
un Potier de terre ; & après avoir
examiné l'art : Je voudrois bien ,
dit-il , que mon fils vous eût pour
maître. Je le voudrois auſſi , répondit le Potier ; j'y gagnerois , & votre fils n'y perdroit pas : car je le for-
merois avec autant de facilité que
ces pots que vous voyez ſortir de mes
mains. Mais nous avons un ſtatut
qui défend de dreſſer plus de dix apprentifs par an. J'ai eu mon tour. C'eſt
à d'autres à jouir. Je vais donc m'in-
former , reprit Chinki , chez vos
Communiers , ſi.... Vous perdrez
vos pas , le nombre des apprentifs eſt

complet. Il faut s'en tenir au réglement. Chinki le quitta en difant,
celui qui a réglé les pots, raifon-
noit comme une cruche.

CHAPITRE XVI.

*Comment Chinki fut bleffé, en s'occu-
pant trop de fon objet.*

CHINKI ne voyoit en marchant
dans la rue, que la bizarrerie
des réglements. Il va donner de la
tête dans une vitre qu'un Vitrier por-
toit ; il la brife , il fe bleffe ; & pour
confolation , l'ouvrier l'entraîne dans
fa boutique pour lui faire réparer le
dommage. Pas tant de bruit , dit
Chinki ; fi le même accident vous fût
arrivé , mon feul regret eût été de
vous voir bleffé. Combien vous faut-
il ? . . . *dix taels , en confcience* . . .
Les voilà. Je vous en donnerois bien
davantage , fi vous vouliez apprendre votre métier à mon Naru que
vous voyez. Eh mais... cela fe peut,

L 3

dit le Vitrier ; un éleve que j'avois vient de finir son apprentissage. Le métier est bon, car on casse bien des vitres dans cette Capitale ; & il en coûte peu pour se faire Vitrier. Combien, dit Chinki? Frais d'apprentissage & de maîtrise, répondit le Vitrier, le tout pour 900 taels... 900 taels, s'écria Chinki, pour apprendre à couper du verre, & en avoir le droit. Je vois que l'ouvrier habile, mais pauvre, ne peut sortir de l'indigence ; & que l'ouvrier ignorant, mais assez aisé pour acheter une maîtrise, peut s'enrichir. Je ne suis pas assez riche pour sacrifier 900 taels. Je ruinerois mes autres enfants. Celui-ci pourra, par malheur, casser des vitres comme son pere, mais il n'en fera pas.

La nuit s'approchoit ; Chinki regagnoit son hôtellerie : sa fille Dinka avoit passé une triste journée, dans le petit réduit, collée à une fenêtre, d'où elle voyoit les passants ; distraction qui ne chassoit pas son ennui. Elle se rappelloit les belles cam-

pagnes de Pulocambi , la verdure
qui les tapiſſoit , les troupeaux qui
les peuploient , les ruiſſeaux qui les
arroſoient , les arbres qui les ombra-
geoient , les fruits délicieux qu'elle
y cueilloit , l'air pur qu'elle y reſ-
piroit , les careſſes des deux meres ,
ſes danſes avec ſes freres & ſes ſœurs ,
tous ſes amuſements champêtres , &
ſes occupations même qui les ren-
doient plus piquants. Un incident
avoit encore augmenté ſa triſteſſe.
Parmi la foule des paſſants , quelques jeunes gens bien mis lui avoient
fait des ſignes , en ſouriant. Elle s'é-
toit imaginée qu'ils ſe moquoient
d'elle. Elle pleuroit , lorſque Chinki
entra ; & comme elle apperçut ſur
ſon viſage les traces ſanglantes de
la vitre caſſée , ſes larmes coulerent
avec plus d'abondance. Après quelques ſanglots , elle lui conta ſes
ennuis , & les ſignes moqueurs qu'on
lui avoit faits. Cela n'eſt que trop
vrai , dit le pere , ces méchants des
villes ne font que ſe moquer des jeunes filles ; il faut les fuir. Ne mets

plus la tête à la fenêtre. Ensuite il la consola le mieux qu'il put. Il lui fit espérer un meilleur sort pour le temps où elle sauroit se le procurer par un bon métier, en lui remontrant que la campagne ne pouvoit plus la nourrir & l'établir ; & qu'enfin elle retrouveroit ses freres & sœurs qui viendroient la joindre : on soupa, & on dormit.

CHAPITRE XVII.

Constance de Chinki à suivre son objet.

L E lendemain, à peine le jour paroissoit - il, que Chinki, après avoir confié sa fille à une voisine serviable, pour ne pas la laisser dans la solitude de la veille, sortit du logis avec son fils. Il ne voyoit dans les rues que de la populace, des bêtes de somme & des charrettes. Point de ces belles voitures qui l'avoient frappé, & de ces précieux vêtements qui annoncent la fortune. Il fit part de son étonnement à un Menuisier, qui étoit déja à son établi. Le beau monde que vous ne voyez pas, dit l'ouvrier, ne se levera que dans quatre ou cinq heures. Ces gens - là, reprit Chinki, ne savent gueres profiter des bons moments. Les couleurs de l'aurore, le réveil de la nature, la fraîcheur du matin, tout cela sera passé lorsqu'ils ouvriront les yeux : & pour quoi voir ? des tas de pierres : & pour quoi faire ? ils ne cultivent rien, ils ne s'exercent pas même aux métiers.

Comme il disoit cela, un enfant de l'âge de son fils saisissoit un rabot, & le poussoit très - nonchalamment. Eh bien ! qu'est - ce encore, dit le Menuisier ? c'étoit son pere : cette maudite dorure qui te passe par la tête. De gré ou de force, tu ne seras jamais que de mon métier. Pourquoi donc, reprit Chinki ? puisque c'est un goût décidé, faites-en un excellent Doreur, plutôt qu'un Menuisier médiocre ; & prenez mon fils pour l'instruire. Je m'en garderai bien, répliqua l'ouvrier ; le mien ne peut

paſſer dans un autre corps, ſans s'aſ-
ſujettir à un travail infructueux de
ſept à huit ans, & ſans m'expoſer à
de groſſes avances pour ſa réception
à la maîtriſe ; au lieu que dans le
métier de ſon pere, il profitera du
privilege de ſa naiſſance. Je ſais bien
qu'il ſeroit avantageux pour toutes les
profeſſions & pour le public, de
donner aux fils d'artiſans, la liberté
de ſe choiſir le métier qui leur plai-
roit le plus. Mais les réglemens s'y
oppoſent. Ce n'eſt pas ma faute. Encore des réglemens, dit Chinki ; ne
pourrai-je découvrir un art où il n'y
en ait point ?

CHAPITRE XVIII.

*Comment Chinki fut empêché de placer
ſon fils dans la Serrurerie.*

CHINKI paſſoit devant un palais
dont on achevoit la conſtruc-
tion ; entroit un Serrurier portant une
ſerrure que Chinki admiroit. Savant

maître, lui dit-il, voudriez-vous
mettre mon fils en état d'en faire autant ? Je ne suis pas maître, répliqua l'artisan. Comment ! n'est-ce pas
vous qui avez fait cette belle machine ? .. J'en ai fait de plus belles encore, il y a quatre ans ; mais n'ayant
pas eu le bonheur de faire mon apprentissage dans la ville Royale,
on exige de moi huit ans de travail chez des maîtres, pour parvenir à la maîtrise, & je n'en compte
que sept. Jusqu'au terme il faut que
je me contente de gagner un tael
par jour, tandis qu'avec le privilege de maîtrise, j'en gagnerois dix
& vingt. Nous les gagnons pour
les maîtres. C'est ainsi qu'ils nous
font payer les services que nous leur
rendons.

On ne vous demande que huit
ans, reprit un Charpentier qui, à
deux pas de-là, équarrissoit une poutre. Vous êtes bien traités en com-
paraison de nous, à qui on en pres-
crit douze. Ami, lui dit Chinki,
cela est d'autant plus ridicule que

la façon d'une poutre me paroît bien inférieure à celle d'une ferrure. Mais vous, habile Serrurier, fi vous faifiez beaucoup d'ouvrage pour votre compte, qu'en arriveroit-il ? ... Les Gardes & les Jurés de la communauté tomberoient bientôt fur moi. Les Gardes ! répliqua Chinki ; je croyois que le Roi feul avoit des Gardes ; & ces Jurés, que jurent-ils ? ... Bien des articles ; par exemple, de veiller à reftreindre le nombre des apprentifs, à tenir pendant de longues années en apprentiffage celui qui fait déja, à lui faire encore obferver le temps du compagnonage , & fur-tout à empêcher qu'on ne s'ingere à travailler en fon nom, quelqu'habile que l'on foit, fi on n'a pas des lettres de Maîtrife. Les Gardes vont les avertir des contraventions ; & fi je fuivois le confeil que vous me donnez, on me ruineroit.

Je vous entends, dit Chinki ; c'eft-à-dire que vos Jurés jurent de donner toutes fortes d'entraves à l'art, pour

favoriſer le monopole des Maîtres.
Naru ne ſera ni Serrurier , ni Charpentier.

CHAPITRE XIX.

*Par quel haſard Chinki ſe trouva dans
une aſſemblée de Maîtres.*

CHINKI voyoit entrer beaucoup
de monde par une grande porte,
au deſſus de laquelle il liſoit *Salle de
Maîtriſe.* C'étoit une convocation de
Maîtres pour juger des chefs-d'œuvres. Deux aſpirants , l'un Doreur ,
l'autre Verniſſeur, montroient chacun
le ſien , avec un air de confiance qu'ils
n'auroient pas dû avoir. Vous n'y entendez rien , prononcerent les Jurés ;
des apprentifs de ſix mois en feroient
autant. Ils étoient inconſolables : tant
de temps & de frais perdus , diſoient-
ils ! que deviendrons - nous ? Vous y
entendez encore moins , reprirent les
Jurés , vous n'en ſerez pas moins
admis à la Maîtriſe ; puiſque , ſelon

les ſtatuts, on peut racheter les chefs-
d'œuvres. Vous, Doreur, en qualité
de fils de Maître, vous n'êtes obligé
qu'au petit chef-d'œuvre. Vous en
ferez quitte pour 30 taels. Vous,
Verniſſeur, qui n'avez pas cette qualité, vous paierez 100 taels.

Un troiſieme aſpirant, c'étoit un
Teinturier, préſenta un chef-d'œuvre
ſans reproche, une étoffe du plus
beau pourpre ; mais malheureuſement
il avoit des enfants ; & il y avoit un
ſtatut qui défendoit de recevoir un
aſpirant qui fût pere, parce que ſes
enfants auroient été au moins fils de
Maître, & exempts par conſéquent
de certains droits que la Communauté ne vouloit pas perdre. Le ſang
bouilloit dans les veines de Chinki.
Maîtres ici aſſemblés, s'écria-t-il,
pour l'avancement des arts, vous les
mettez à la gêne. Si le chef-d'œuvre
eſt utile, l'argent ne ſauroit le rem-
placer : s'il eſt ſuperflu dans des arts
purement méchaniques, comme je
le penſe, pourquoi l'exiger ? L'ouvrier qui fera mal, en ſera puni

par le rebut de ſes ouvrages ; aiguil-
lon bien plus preſſant que le chef-
d'œuvre. Quelle conſtitution où l'argent ſupplée au ſavoir ! Quant au
Teinturier qui vous préſente un chef-
d'œuvre ſatisfaiſant , & que vous
excluez de la Maîtriſe , parce qu'il
eſt pere , eſt-il du bien de l'Etat de
rendre la paternité nuiſible , & d'arrêter la population ?

On ſe doutoit qu'il avoit raiſon ;
on le mit dehors.

CHAPITRE XX.

*Comment Chinki ſe trouva engagé,
ſans y penſer , à entendre les Sentences du Tribunal des arts.*

CHINKI promenoit ſes regards ſur
tous les métiers , ceux principalement dont l'apprentiſſage pouvoit
être facile & court. Sa vue s'arrêta
ſur une fabrique de fouets. Voici peut-
être ce que je cherche , dit-il ; ce n'eſt
pas merveille que de faire un fouet ;

j'en ai fait moi-même pour mon ufage
fans avoir appris. Il eft vrai que ceux-
ci font très - enjolivés , comme il
convient dans une ville de luxe : mais
enfin , c'eft une petite façon de plus.
Sur ce raifonnement il falue le fabriquant , & lui préfente fon cher Naru.
Je n'ai pas le temps de vous entendre,
dit le fabriquant ; je cours au tribunal
des arts , où j'ai un procès de conféquence. A mon retour nous nous par-
lerons. Je veux vous fuivre , reprend
Chinki , pour vous féliciter , fi vous
gagnez. Il le fuivit en effet.

Le fabriquant avoit plufieurs parties adverfes préfentes à l'Audience :
Tourneurs , Tabletiers , Corroyeurs ,
Cordiers, Doreurs, Peintres & Vernif-
feurs, qui tous, fur de bonnes raifons,
lui difputoient le droit de gagner fon
pain & celui de fa famille , en faifant des fouets. Les Tourneurs reven-
diquoient cette fabrication par rapport à la verge & à la poignée. Oui ,
objectoient les Tabletiers : mais vous
ne pouvez employer que du bois du
pays ; & s'il eft queftion de bois étran-

ger, c'eſt notre privilege. Les Corroyeurs prétextoient la courroie ; les
Cordiers, la ficelle ; les Doreurs, Peintres & Verniſſeurs, les divers enjo-
livements.

Le tribunal décida que toutes les
parties concourroient, chacun ſelon
l'eſprit de ſon métier, à la fabrication du fouet ; ſi bien qu'il ne reſtoit
plus au fabriquant que le pouvoir
de le monter. Chinki, de ſon côté,
décidoit qu'il falloit employer cet
inſtrument à mener les parties plai-
gnantes, & les faiſeurs de réglemens,
après qu'on les auroit ſellés & bridés ;
& il ne voulut plus de ce métier.

On plaida d'autres cauſes de cette
nature, qui lui donnerent quelques
lumieres ſur la juriſprudence des arts.
Les Tabletiers demandoient la fabrication excluſive des éventails à cauſe
du bois, & les Éventailliſtes, à cauſe
du papier. Les frais de ce procès ſou-
tenu à perte d'haleine, ſe montoient
déja à vingt mille taels ; & à cauſe de
cela même, il ne fut pas encore jugé
dans cette ſéance.

D'autre part les Lapidaires , les
Orfevres & les Merciers s'attaquoient
auſſi. L'Orfevre prétendoit que le
Lapidaire ne pouvoit vendre la pierre
que ſur le papier , & que c'étoit à
lui Orfevre à la monter. Le Mercier
diſoit : je conſens que le Lapidaire
taille la pierre , & que l'Orfevre la
monte ; mais par la ſainte juſtice,
c'eſt à moi à la vendre montée.

Les Carroſſiers & les Bourreliers
n'étoient pas moins acharnés les uns
contre les autres : le Carroſſier s'ar-
rogeoit le droit de ſuſpendre la voiture qu'il faiſoit ; & ſi je ſavois faire
des roues , diſoit-il, je n'aurois pas
même recours au Charron. Le Bour-
relier ſe ſoucioit peu des roues ; mais
il revendiquoit les ſoupentes : le tribunal les lui adjugea excluſivement.

Cette déciſion occaſionna un meurtre quelques jours après. Un Général
Tunquinois , nation toute guerriere
& brutale , avoit commandé un carroſſe. Ce carroſſe n'arrivoit pas dans
l'hôtellerie où il étoit logé. Il va
chez l'ouvrier...*Mille griffes du diable!*

mon carroſſe. Le voilà, Seigneur, il
eſt tout prêt, il n'y manque que les
ſoupentes, elles ſont chez le Bour-
relier... *Pourquoi les y porter, âne
rayé?* Je ne les y ai pas portées. Il
m'eſt défendu de fournir des ſoupentes...... *Double impoſteur, tu veux me
perſuader que les loix d'une Nation
ſage t'empêchent de faire ton métier!
tu ne feras ni voiture, ni ſoupentes,
ramaſſe ta tête.* Effectivement un coup
de ſabre d'avoit jetée ſur le carreau.
On rendit une autre Sentence qui
prouva bien l'inflexible intégrité des
Juges. On ne ſe ſervoit pour imprimer la Muſique, que de caractere
informes. Un Typographe en préſenta avec de nouveaux contours, &
qui étoient évidemment plus nets &
plus corrects. Malgré l'évidence, qui
ne réuſſit pas en tout lieu, comme
le privilege excluſif d'imprimer la
Muſique appartenoit à une ſeule per-
ſonne, le tribunal défendit de faire
mieux.

L'Audience finit par le redreſſe-
ment d'une contravention inexcuſa-

ble. Un Marchand Drapier ne s'étoit pas contenté de vendre du drap pour un habit , privilege incontestable de son commerce. Il avoit osé en fournir la doublure en soie, & tout l'assortiment, qui , selon les statuts , devoient se prendre chez d'autres Marchands. Il fut vivement tancé par le tribunal ; & condamné à une amende de 2000 taels.

Le grand Garde de la Draperie vengea subitement le Corps de cette mésaventure. Il dénonça avec une longue dignité, car il étoit affublé d'une robe noire traînante, un Marchand Mercier, atteint & convaincu d'avoir débité quelques doublures en laine. Le tribunal le jugea de même. Chinki jugeoit autrement ; il disoit: c'est comme si dans les marchés on défendoit de vendre la fourniture avec la salade. Je n'exposerai point mon fils à des professions si litigieuses.

Il avoit perdu sa journée, dont la fin lui découvrit une autre perte. En rentrant à l'hôtellerie , il chercha en vain quelques vêtements qu'il avoit apportés pour ses enfants. Je suis volé, dit-il à l'hôtelière.... Volé ! répondit-elle ; voilà ce que c'est que de loger des gens de votre sorte ; vous deshonorez ma maison. Cela n'arrive pas quand on a d'honnêtes gens... Volé ! mais n'aviez-vous pas la clef dans votre poche ? .... Pardon, je ne l'ai pas même apperçue. Dans la campagne où j'ai toujours vécu avec d'autres honnêtes gens , il n'y a point de serrure. Au reste, celui qui m'a volé a eu grand tort ; il n'avoit qu'à m'exposer son besoin , je lui aurois donné ce qu'il m'a pris. L'hôteliere se mit à rire , & lui recommanda bien de fermer sa porte ; mais il n'avoit plus rien à perdre. Sa fille Dinka avoit passé une journée moins triste que la précédente ; mais elle regrettoit sa robe , & ne prenoit point de goût pour une ville où l'on voloit les filles.

CHAPITRE XXI.

Ce qui engagea Chinki à retourner au Tribunal des arts.

CHINKI repassant dans sa mémoire les contestations & les jugements dont il avoit été témoin, ouvroit les yeux sur l'esprit & les réglements des différents corps de métiers ; & comme il vouloit y placer toute sa famille, il retourna au tribunal.

Aux pieds des Juges étoit un plaideur qui crioit à l'injustice, en montrant une pendule qui enlevoit les suffrages de tous les connoisseurs. Pourquoi ne pas le recevoir à la Maîtrise, dit le tribunal, aux Jurés Horlogers? Ne convenez-vous pas que sa pendule surpasse toutes celles qui ont paru jusqu'à ce jour ? Nous en convenons, dirent-ils, mais l'ouvrier est sans *qualité*. Un jeune Juge, à qui la lecture des réglements n'avoit pas encore dérangé la raison, ne comprenoit pas comment, avec tant d'habileté, on pouvoit être sans qualité. Les Juges l'éclairerent, en lui disant que l'ouvrier n'avoit pas fait son apprentissage dans la ville, & tous les vieux Juges le mirent dans la bonne voie par le réglement qui lui fut montré. Il ne restoit à l'Artiste que de travailler éternellement chez des Maîtres moins habiles que lui.

A peine cette Sentence fut-elle rendue, qu'on entendit des cris d'admiration ; ce qui les causoit, étoit un coffre du plus beau laque, destiné pour l'appartement de la Reine. Hésitera-t-on encore, disoit l'Artiste, de me donner des Lettres de Maîtrise ? Effectivement, dirent les Juges aux Jurés Vernisseurs, qu'avez vous à objecter à celui-ci ? Il a fait son apprentissage dans la ville, il a rempli le temps de compagnonage, son chef-d'œuvre est admirable, pourquoi ce retardement ? Questionnez-le, répliquerent les Jurés, sur sa religion.

Deux fectes partageoient le peuple.
Celle de Fo, & celle de Somonakondom que le Roi avoit appellée de
Siam, pour l'oppofer à la premiere,
qui devenoit redoutable au gouvernement. Tous les corps de métiers
étoient voués à Fo. Les fectateurs de
Somonakondom n'étoient pas en fi
grand nombre : mais ils fe flattoient
de fe rendre bientôt plus confidéra-
bles par la faveur de la Cour. Tous
les Lettrés étoient de l'ancienne Religion du grand Empire de la Chine,
adorateurs du Dieu du Ciel.

Le Préfident du tribunal, fe re-
cüeillant comme on fait pour des
chofes graves, interpella l'Artifte en
ces termes...Ne croyez-vous pas qu'un
Cochinchinois, après avoir grandi
dans la piété filiale, doit être bon
pere, bon mari, bon voifin, bon ami,
compatiffant pour ceux qui fouffrent,
hofpitalier pour les étrangers, jufte
envers tous, foumis aux Loix & au
Prince ? N'êtes - vous pas perfuadé
qu'il eft au Ciel une Providence dont
l'œil vigilant obferve tout, difpofe
tout,

tout, qu'il y aura des récompenses
pour la vertu, & des punitions pour
le vice. Doctrine enseignée par le
Dieu Fo, & confirmée authentiquement, lorsqu'il apparut sous la forme
d'un éléphant blanc.

Je crois tout cela, répondit l'Artiste, excepté l'éléphant blanc, qui
ne me rendra pas meilleur, & qui
ne me fera pas faire de plus beaux
coffres. Je préfere, je ne sais pas trop
pourquoi, le signe Somonakondom
qui, après 570 transmigrations, en-
seigna la même doctrine, en déli-
vrant la terre d'un monstre qui la dé-
soloit ; & j'irai voir, quand j'en aurai
le temps, la marque d'un des pieds
de Somonakondom, qui est gravée,
à ce qu'on assure, en trois lieux différents ; dans le Royaume de Siam,
dans celui de Pegu & dans l'Isle de
Ceylan. Mais de quoi s'agit-il ici ?
N'est-ce pas de la perfection des arts ?

Le tribunal avoit pitié de sa sottise.
Cependant comme le beau coffre de
laque faisoit le bonheur de la Reine,
il n'osa pour le moment prononcer
*M

l'exclusion de la Maîtrise, On lui donna un mois pour se faire instruire, & abjurer ses impertinences,

Un Brodeur Banian ne fut pas traité avec tant de ménagement. Ses broderies étoient extrêmement recherchées, Le tribunal ne l'ignoroit pas. C'étoit un enchantement général ; mais les Jurés Brodeurs crioient ; il est *Banian*.

Je le suis , répondit - il : mais les Mandarins de la Cour, mais le Trône & l'Autel font décorés de mes broderies. Pourquoi ne pas me permettre de faire comme Maître , ce qu'on me permet d'exécuter comme compagnon asservi & opprimé chez vos Maîtres ? D'ailleurs qu'à-t-on à reprocher aux Banians ? Disperfés dans toute l'Asie, fans Chef & fans constitution, nous ne cherchons qu'à subsister par le travail & l'industrie , en nous conformant par-tout aux Loix , aux usages & aux Ordonnances des Princes. Vos Rois , sur la réputation de notre habileté dans la banque , dans le change , dans le courtage ,

nous ont permis de nous établir dans
leurs États. Mais on trouve le secret
de rendre nulle la protection qu'ils
nous accordent. On nous exclut non-
seulement de toutes les charges & em-
plois ; on nous interdit encore toutes
sortes d'arts & de métiers. On nous
défend de prendre couleur dans le
commerce. Personne n'ignore la Re-
quête injurieuse que vos corps de
Marchands viennent de produire
contre nous. Ils nous reprochent *le
prêt à usure* : il faudra bien en venir
là , si c'est le seul moyen qu'on nous
laisse pour vivre. *La fripponnerie* : nous
demandons qu'on pende les frippons.
Et toujours *le crime originel de notre
Religion :* il est un peu singulier que
des Marchands , des Artisans veulent être plus religieux que les Rois
qui protegent la Religion ; plus religieux encore que le Bonze suprême
qui nous voit au nombre de quinze
mille dans sa ville sainte de Faïfo ,
qui nous a permis d'y exercer notre
culte & tous les arts. Nous ne par-
lons de Religion à qui que ce soit.

M 2

Nous souffrons qu'on nous en parle,
pourvu que ce ne soit pas pour nous
ôter les moyens d'agir & de vivre :
toutes ces raisons parurent pitoyables
au tribunal, qui, tout d'une voix,
prononça l'exclusion de la Maîtrise.

Hélas ! dit Chinki, j'apprends la
Jurisprudence bizarre des métiers :
j'aimerois mieux que mon fils en
eût un.

CHAPITRE XXII.

Comment Chinki fait une nouvelle
tentative.

A L'aspect de tant de difficultés
dans les arts de la seconde main,
Chinki se tourna du côté des Manufactures en matières premieres.

Près de-là étoit une manufacture
en ciseaux. Chinki salue le Maître,
& lui demande si le métier va bien.
Il alloit mieux pour moi, il y a quelque temps, répondit-il. Outre des
ciseaux trempés que vous voyez

j'en fabriquois une quantité bien plus
grande de non-trempés ; & je les dé-
bitois aux insulaires de Bornéo, sans
savoir, à la vérité, à quel usage ils
pouvoient employer des ciseaux de
fer. Ceux qui veillent aux Fabriques,
ont trouvé mauvais qu'on achetât des
ciseaux sans trempe ; & ils en ont
arrêté la fabrication, comme contraire
aux réglements. On a découvert ensuite qu'ils servoient à moucher les
chandelles dans l'Isle de Bornéo ; &
on m'a rendu toute la liberté que
j'avois : mais il n'est plus temps ; les
insulaires se sont pourvus ailleurs (a).

Cette histoire ne donnoit pas du
goût à Chinki pour le métier ; &
comme en questionnant sur l'apprentissage, le compagnonage & la maîtrise, il trouvoit les mêmes difficultés
que dans les autres professions, il re-
nonça aux ciseaux.

(a) On dit que cette bévue s'est répétée en
France, à Arconsat dans le Forez. Cette Fabrique de ciseaux non trempés nourrissoit, aux
dépens des Barbaresques, plusieurs villages à
présent ruinés & dépeuplés. Les sottises sont
de tout pays.

CHAPITRE XXIII.

Chinki obligé de convenir que les bonnes actions ne font pas toujours récompenfées.

IL falloit avoir toute la patience de Chinki, pour ne pas fe rebuter. On ne voyoit que lui chez les artifans & dans les rues. Une petite voiture à un cheval, alors fort à la mode pour écrafer les paffants, alloit en eftropier un. Chinki le tira du danger. Celui-là dit à fon bienfaiteur : homme avifé, que faites-vous dans cette ville ? On n'y voit gueres de gens de votre étoffe. J'y fuis, répondit Chinki, pour initier cet enfant dans quelque profeffion, mais toutes le rejettent. Eh bien ! repliqua le queftionneur, je veux vous fervir. Je fuis Marchand Mercier ; nous fommes vendeurs de tout & faifeurs de rien. Nous étendons notre domination fur tous les métiers, qui,

à prendre notre privilege à la rigueur,
doivent s'en tenir à la confection des
ouvrages, & nous les livrer pour les
vendre. Bien plus , nous avons le
droit exclusif de faire venir les matieres premieres qui servent aux fabriques & aux arts. Vous voyez de là
que nous faisons un premier bénéfice
sur les matieres , & un second sur la
main d'œuvre. Ecoutez bien , vous
n'êtes pas au bout : le public même
est asservi à nos privileges ; il faut
voir comme nous saisissons , comme
nous faisons amener à notre bureau
les marchandises qu'on voudroit tirer
directement des fabriques étrangeres.
Je suis fâché seulement que les Epiciers partagent ce privilege avec nous
pour les marchandises qui les regardent. Un autre avantage encore, c'est
que la profession ne demande pas un
long apprentissage , puisqu'il n'y a
point de travail de main ; & autant
qu'un ouvrier est au dessus d'un laboureur , autant un mercier est au
dessus d'un ouvrier.

Je vous laisse régler les rangs tout

M 4

à votre aife, dit Chinki. Celui qui fait, vaut au moins celui qui vend, & le laboureur eft le premier producteur : mais ce n'eft pas là le point dont il s'agit entre nous ; vous plairoit-il de former cet enfant dans votre commerce ? ... *Volontiers , pour vous obliger.* Quels feront les frais d'apprentiffage & de maîtrife ? ... Très-modiques, prefque rien pour un état auffi lucratif. Penfion d'apprentiffage, droit d'enrégîtrement pour l'apprentiffage , impofition annuelle fur les apprentifs & compagnons , frais de confrairie , frais de maîtrife , honoraires des Gardes & Jurés , fomme toute, environ 1400 taels.

Miféricorde ! s'écria Chinki ; dans tout cela je ne vois rien de jufte que la penfion de l'apprentiffage ; car l'apprentif ne pouvant encore fervir fon maître, doit payer fes leçons & la dépenfe qu'il lui caufe. Mais à quoi employez-vous tout l'argent que vous tirez des réceptions , car je vois un nombre prodigieux de Merciers dans cette Capitale ? .... *La Communauté*

a des dettes.... Que vous payez fans
doute ? .... *Les intérêts, oui ; jamais
les capitaux.* Mais fi vous voyiez les
belles folemnités , les bel'es offrandes
que nous faifons à Fo , les riches préfents, les belles étrennes que nous dif-
tribuons à nos protecteurs , les bons
feftins où nous avons la bonté de
convier le récipiendaire ; & comme
nos Gardes & Jurés arrangent bien
leurs affaires ; & comme nous fou-
tenons des procès qui valent au corps
des lettrés qui nous défendent , plus
de 80000 taels par an, vous ne de-
manderiez pas ce que devient l'argent des réceptions.

Vous n'aurez pas du mien , éloquent Mercier, répliqua Chinki , je
ne fuis pas affez riche. Si du moins
de toutes ces fommes qui fortent des
réceptions dans tous les commerces,
dans tous les arts & métiers, total
bien confidérable, il en entroit une
partie dans le tréfor du Prince, pour
fubvenir aux befoins de l'Etat. Mais
les Communautés , de votre propre
aveu , n'en paient pas même leurs

dettes. Pardon , si je m'avise de critiquer ce que tant de gens d'esprit ont arrangé. Il n'y a pas de mal , dit le Mercier , les gens de votre sorte sont sans conséquence.

Pendant ce pourparler , le petit Naru promenoit ses yeux sur le magasin de mercerie ; le Mercier lui fit présent d'un couteau & d'un peigne , pour marquer sa reconnoissance au pere.

CHAPITRE XXIV.

Espérances détruites aussi - tôt que conçues.

CHINKI ne savoit plus où tourner ses pas. Il alloit , il venoit , & n'imaginoit rien qui ne fût hérissé de difficultés. Un petit Marchand qui étaloit sur un quai , lui offrit de petites quincailleries , dont la plus chere ne valoit pas un quart de tael. Gagnez-vous votre vie , lui dit Chinki , à ce chétif commerce ? Cela ne va pas mal , répondit le Marchand :

faut péu de fonds , comme vous
voyez ; & on vit. Chinki penſoit à
ſon fils , & croyoit déja le voir éta-
lant ſur le même quai , affranchi de
toutes les ſervitudes coûteuſes des
Communautés. Doucement , lui dit
le marchand , il a fallu me faire re-
devoir Mercier ; & la Communauté ,
par indulgence , n'a exigé que 1200
taels , ſomme que je n'aurois jamais
pu payer , ſans la bonté charitable
d'un maître que j'avois ſervi. Que le
Ciel confonde les Communautés , ré-
prit Cihnki ; & me donne la patience
dont j'ai beſoin.

Comme il pourſuivoit ſon chemin,
un Crieur de vieux bonnets l'arrêta.
Achetez , il ſont tout neufs , & je
les donne pour rien. J'ai plus de
bonnets chez moi , dit Chinki , que
je n'en uſerai : mais je ſuis fâché pour
vous que vous n'ayiez pas un meilleur
métier. Il me nourrit , & m'habille ,
répondit le Crieur ; n'eſt-ce pas beaucoup? Ah! ſi ces maudits Frippiers ne
m'avoient pas fait payer 1050 taels
pour le droit de crier de vieux bonnets,

& autre fripperie, je ferois plus à mon aife. Hélas ! reprit Chinki, fi avec vos 1050 taels vous étiez venu me trouver dans le vallon de Kilam , autrefois fi heureux , je vous aurois établi riche-ment. Allez, criez, vendez beaucoup, & ne vous enrouez pas.

Le foleil étoit déja couché , on allumoit les lanternes qui éclairoient affez mal, & qu'un Mandarin attentif à la commodité publique , projetoit avec fuccès de rendre plus lumineufes. Chinki regagnoit fon gîte en regar-dant avec attendriffement le petit Naru , à qui les Communautés fer-moient toutes les portes de travail & de fubfiftance. Une mauvaife odeur infectoit l'hôtellerie, elle fortoit d'une foffe qu'on vuidoit. Que je vous plains, dit Chinki aux vuidangeurs , d'être condamnés à un tel métier ! il faut bien qu'on le regarde d'un autre œil, répondirent - ils , puifque la maî-trife nous coûte 600 taels. Mais tout eft compenfé dans ce monde ; l'ap-prentiffage ne coûte rien. Chinki ne fut pas tenté d'y placer fon fils.

CHAPITRE XXV.

Comment le petit Naru fut presque ouvrier en Laque.

CHINKI, après une nuit passée dans l'agitation, n'attendoit pas un jour plus favorable. Il désespéroit entiérement, lorsque par une espece d'inspiration, il alla trouver l'ouvrier du beau coffre de laque, qu'il avoit vu au tribunal, persuadé que les talens distingués sont ordinairement plus traitables que les autres.

Tuchin, c'étoit le nom de l'artiste, travailloit dans une enceinte privilégiée, où un essaim de Talopoins Siamois avoit établi le culte de Somonakondom dans une magnifique Pagode. Le reste du terrein, ils avoient la charité de le louer chérement aux Marchands & aux Artistes qui vouloient éviter les vexations des Corps de métiers.

Voilà mon fils, dit Chinki à Tu-

chin, au nom de la vertu & de la fcience, apprenez - lui à fe tirer de la mifere. Toutes les maîtrifes le repouf-
fent. Ces maîtrifes, répliqua Tuchin,
fourmillent d'obftacles à l'avancement des arts, coupent les ailes aux
génies ; & fi j'ai defiré d'être Maitre,
c'eft qu'on veut faire comme les autres. Quand votre fils faura fon métier, il pourra gagner ici, comme
dans le cœur de la ville. Au refte,
foyez le bien-venu ; puifque vous me
donnez occafion de pratiquer le bien...
Vertueux Tuchin, vous me raviffez !
mais je n'ai que 200 taels à vous offrir...
Je n'en veux que cent, aidez - vous
des autres, & retournez en paix à
votre charrue. Je me flatte qu'en peu
d'années je mettrai votre fils fur le
chemin de la fortune, & en état de
foulager fa famille. Je ne dois pourtant pas vous diffimuler qu'il aura
néanmoins bien des perfécutions
à effuyer de la part des Maîtres.
Jugez-en par moi-même. Ils ont dé-
crié mes ouvrages pendant quinze
ans. Ils ont débité qu'ils n'étoient pas

de durée ; que mes vernis étoient dangereux pour les nerfs ; & pour dernier trait, ils m'attaquent sur ma religion, comme vous l'avez entendu au tribunal. Il a fallu toute la supériorité de mon talent, & la protection de la Reine pour ne pas succomber.

Je suis donc condamné, répliqua Chinki, à m'en retourner comme je suis venu. Qui m'assurera que mon fils désarmera l'envie par ses chefs-d'œuvres, ainsi que vous avez fait par les vôtres, & qu'il sera protégé à la Cour ? Adieu, prospérez toujours ; pour moi, je ramene Naru au vallon de Kilam. J'aime mieux qu'il y partage ma misere : je lui apprendrai peut-être à la souffrir. Ces deux hommes vertueux se quitterent la larme à l'œil.

CHAPITRE XXVI.

Comment Chinki se laisse abuser par un bon raisonnement.

CHINKI ayant pris le parti de rendre son fils à l'agriculture, ne s'occupoit plus que de l'établissement de sa fille Dinka. Sans doute, se disoit-il, on donne plus de facilité à ce sexe, qui est moins compté dans les arts, que dans les soins domestiques; & qui paroît mériter toute la faveur, lorsqu'il réunit les deux parties. Dinka étoit intéressante par ses traits, sa physionomie & son ingénuité. Il la présenta à une Marchande de modes, qui, pour le prix de 150 taels, s'engagea de donner à la jeune éleve toute l'adresse & les graces du talent.

Je l'avois bien prévu, dit Chinki, qu'on favorisoit les filles. La mienne dans peu d'années verra donc la Cour & la ville accourir à ses ouvrages, comme on vient aux vôtres. Oui, dit la Marchande, si elle prend un mari qui lui apporte la maîtrise pour 1800 taels. Comment! reprit Chinki, ce n'est pas vous qui êtes Marchande de modes, c'est votre mari ; tandis que l'on voit des veuves de Charrons, de Charpentiers, de Serruriers, rester Maître Charron, Maître Charpentier, Maître Serrurier ! C'est donner aux femmes le marteau, & l'aiguille aux hommes. Sais-je si ma fille, après son apprentissage, aura le bonheur de trouver un mari qui lui convienne, & 1800 taels ? Que voulez-vous, mon pauvre homme, dit la Marchande ? tels sont nos réglements. La Maîtrise en modes ne peut pas résider sur la tête d'une femme. Toujours des réglements, répliqua Chinki; mais qui les a dressés ? ... *Ce sont les Maîtres...* Maîtres monopoleurs, qui n'ont veillé qu'à empêcher le partage du travail, & à semer les approches de la maîtrise, de tous les frais & de toutes les difficultés imaginables. Dinka ne sera donc pas Marchande de modes.

━━━━━━━━━━━━━━━━━━

CHAPITRE XXVII.

Dialogue entre Chinki & une Brodeuse.

CHINKI.

VOILA des ouvrages bien agréables. Ma fille pourroit en faire autant si vous vouliez l'instruire.

LA BRODEUSE.

Pourquoi non ? Il faut que les filles s'occupent, si elles veulent être utiles & sages. Rien ne leur convient mieux que ce métier-ci.

CHINKI.

Il est vrai : mais avant d'entrer en convention, dites-moi, je vous prie, s'il est question de maîtrise dans votre art.

LA BRODEUSE.

Sans doute : où n'y en a-t-il pas ?

CHINKI.

Maudite maîtrise ! te trouverai-je par-tout ? En jouissez-vous ?

LA BRODEUSE.

Non, car je ne suis pas mariée :

cela viendra. Mais, en attendant,
je travaille fous protection, c'eft-à-
dire, à l'abri d'un privilege que je
loue d'un Maître, pour le prix an-
nuel de 300 taels.

C H I N K I.

Maudite maîtrife! ma fille n'aura
pas ce moyen. Mais n'importe, laiffons là le privilege. Quand vous l'aurez formée, ne pourra-t-elle pas travailler, non au grand jour, comme
vous, mais dans l'obfcurité, en fe
contentant de petits profits?

L A B R O D E U S E.

Qu'elle ne s'y joue pas. Je fais ce
qu'il m'en a coûté, moi qui vous
parle. J'étois efpionnée : un Garde
eft venu avec un Mandarin de police ; confifcation de mes ouvrages &
amende exorbitante. Enfin j'ai plus
perdu en un jour, que je n'avois gagné en fix ans.

C H I N K I.

Maudite maîtrife ! mais dans les
arts analogues à votre fexe, n'en eft-
il point qui foit exempt de toutes ces
entraves ? par exemple, les éventails,

les rubans, la plumasserie; que fais-
je ? les fleurs artificielles.

LA BRODEUSE.

Mon cher homme, vous trouverez
par-tout les mêmes difficultés. Il faudra que votre fille se résolve, ou à
louer un privilege, ou à l'achat de
la maîtrise, pour la mettre sur la tête
de son mari, qui, peut-être, n'en-
tendra rien dans le métier.

CHINKI.

Maudite maîtrise ! que deviendra
ma fille ? La pauvre enfant partageoit
les inquiétudes de son pere, en sen-
tant vivement les siennes.

CHAPITRE XXVIII.

Le Bouquet.

UNE fille de même âge que
Dinka, couroit les rues, en
portant une corbeille de fleurs. Prenez
ce bouquet, lui dit-elle, & parez-
en votre sein; vous en serez encore

plus jolie. Que vous êtes honnête, dit
Chinki, tout le monde ne l'est pas
tant dans cette ville. Il la remercia, &
s'en alloit doucement, dit - elle, &
l'argent! Pardon, reprit Chinki, je
ne savois pas que vous vendiez vos
fleurs. Je n'en ai jamais vu vendre
dans le vallon de Kilam. C'est donc
un petit commerce que vous faites?
vous l'avez dit, répondit-elle; j'a-
chete tous les matins des fleurs pour
un quart de tael; & à la fin du jour,
cela me rend un tael & quelquefois
deux. J'ai pensé être ruinée le premier mois. Une Jurée de la communauté, femme plus barbare que les
Tunquinoises, sans pitié pour les
pauvres filles, est venue m'arracher
ma corbeille, & me menacer de la
prison, si je n'achetois un privilege:
& à quel prix? Vous ne le croirez
pas, 600 taels pour le commerce d'un
quart de tael par jour. Heureusement
qu'un Mandarin de la police des métiers, m'a prise sous sa protection, &
j'ai un vrai plaisir à braver les mé-
chantes Jurées; encore m'a-t-on ma-

qué , malgré cette protection , le quartier de la ville où je puis vendre. Tout autre m'est interdit.

Hélas ! dit Chinki , je n'ai pas 600 taels pour établir ma fille ; & elle ne fera pas affez heureufe pour trouver un protecteur , comme vous avez fait. Pourquoi non ? repliqua la petite Fleurifte. Elle a une figure qui lui portera bonheur.

CHAPITRE XXIX.

Comment Chinki réuffit enfin à placer
fes deux enfants.

LA fable de Pandore , connue de toutes les nations, dit que l'efpérance eft au fond de la boîte ; elle a raifon. Une femme d'un âge très-mûr, qui vendoit de petites pieces de pâtifferie , qu'on appelle en Europe *le plaifir* & *le croquet* , avoit entendu la converfation de Chinki avec la petite Fleurifte. Bon papa , lui dit - elle , vous voilà bien embarraffé ! mon petit

commerce eſt plus fructueux que celui des fleurs. Il eſt de toute ſaiſon.
Donnez - moi votre fille. Je ne vous
demande rien. On aime à acheter de
la jeuneſſe. Elle doublera mes profits;
& quand il en ſera temps, je lui ache-
terai un privilege. Tant que j'ai été
jeune & aſſez jolie, je ne vendois
qu'en contrebande, & en me cachant
des pains-d'Epiciers. Je me tirois d'affaire ſans privilege. Maintenant avec
le privilege mon commerce languit.
Les vieilles femmes ne ſont pas heu-
reuſes. Allons, ſuivez-moi. Elles les
mena dans un réduit aſſez commode...
Voilà le lit de votre fille, qui ſera
déſormais la mienne. Voilà le panier
de plaiſir & de croquet. Il ſera bien
enjolivé pour commencer demain.

Chinki voulut voir ſa fille en exercice. C'étoit un jour de fête. Il ſui-
voit de loin dans une promenade publique, où des farceurs de toute eſpece amuſoient le peuple & le beau
monde. Les graces naïves de la dé-
butante, ſa parure champêtre, ſon
air d'innocence, ſpectacle ſi rare dans

une grande ville, son embarras même attiroient l'acheteur. Le panier fut bientôt vuide ; & la vieille remplissoit sa bourse. Elle quitta sa place, en disant : courage, ma fille, tout ira bien. Vous êtes vraiment sa mere, reprit Chinki : voilà donc enfin un de mes enfants dans un métier. Je remenerai l'autre à mon travail. Le *Tyen* n'abandonne personne, quand on ne s'abandonne pas.

Vous parlez d'un autre enfant, dit la vieille, où est-il ? Amenez-le, nous souperons en famille. A peine l'eut-elle vu & questionné, que lui trouvant de la physionomie & de l'ouverture d'esprit, ce seroit dommage, dit-elle, de n'en pas faire quelque chose. Je le placerai aussi. Dans un métier sans doute, répliqua Chinxi... Non, dans le service. J'ai des amis dans une grande maison. Il servira d'abord les domestiques, & sait-on jusqu'où il montera ? Nous voyons tous les jours des fortunes dans ce chemin.

Mon fils, domestique ! s'écria le pere,

pere , & dans le plus bas degré de la fervitude ! je croyois déja l'abaiffer en l'arrachant à la noble liberté de l'agriculture , pour le livrer à un métier. Non , je ne puis y confentir. La vieille fe mit à rire... Homme fimple , fachez qu'on fait plus de cas ici du dernier degré de la domefticité , que de la très-noble agriculture ; & enfin la première loi eft de fubfifter. Ce mot réveilla dans Chinki toutes les idées de la mifere ; & il fe laiffa perfuader. Naru fut inftallé deux jours après dans fon pofte ; & le pere ne penfa plus qu'à fon retour.

CHAPITRE XXX.

Quels furent les métiers où les autres enfants de Chinki fe placerent.

LE retour de Chinki ne fut pas un plaifir pur pour fes époufes. Elles pleuroient les deux enfants qu'elles ne voyoient plus , comme fi elles n'en avoient pas eu d'autres. Les freres & les fœurs s'attendriffoient de même.

* N

Ces larmes de tendreſſe coulerent
pour la derniere fois. Les pleurs qu'on
verſa dans la ſuite, furent arrachées
par le beſoin & le déſeſpoir. Plus
Chinki travailloit, plus il ſe convain-
quoit qu'il ne pouvoit fournir au néceſſaire de vingt-deux enfants, qui,
en grandiſſant, exigeoient plus de
dépenſes. C'étoit de la part des deux
meres, de la mélancolie, de l'humeur,
des reproches, des querelles; & de
la part des enfants, des demandes
continuelles qu'on ne pouvoit ſatis-
faire. La miſere trouble toutes les familles, aigrit tous les caracteres. Elle
chaſſa tous les enfants, les uns plutôt,
les autres plus tard, de la maiſon paternelle & de l'agriculture, pour em-
braſſer des métiers qui ne demandent
ni formalités, ni frais, ni qualité, ni
maîtriſe. L'un apprit à contrefaire les
ſignatures, l'autre la monnoie du
Prince; celui-ci à dominer le haſard
dans les jeux défendus, celui-là à
mettre à contribution les paſſants ſur
les grands chemins; un autre devint
très-habile dans l'art des poiſons.

Naru , pour se tirer de la servitude , en brusquant la fortune , assassina son Maître. Tous périrent dans les supplices.

―――――――――――

CHAPITRE XXXI.

Ce qui avint aux filles.

D INKA n'avoit pas suivi long-temps son petit commerce. Un jeune Mandarin l'avoit enlevée pour la mettre dans l'abondance & le luxe. La vieille qui l'avoit adoptée , en porta des plaintes. On ne fit qu'en rire. Dinka en rit aussi. Elle attira ses sœurs dans la ville Royale , les unes après les autres. Quatre trouverent également des ravisseurs. Tant que la fraîcheur de l'âge anima leurs traits , elles s'applaudissoient , sans penser à l'avenir. Mais quand le temps commença ses ravages , délaissées alors, elles furent obligées de chercher leur subsistance dans un libertinage vague, qui les mena bientôt dans une

maison de force, où elles s'éteigni-
rent consumées par le crime. Dinka
ne survécut quelque temps, que pour
sentir avec plus d'amertume toute
l'horreur de son sort.

La cadette de toutes mérita seule
quelque pitié. Arrivée la dernière
dans la capitale, sa vertu toute neuve
s'étoit effarouchée de la conduite de
ses sœurs. Elle avoit préféré la servitude chez une grande Dame. Une
robe que l'usage du service lui auroit
bientôt abandonnée, la tenta, pour
en revêtir la malheureuse Dinka, qui
vivoit des aumônes publiques. Le
larcin fut reconnu. La grande Dame
qui avoit obtenu la grace d'un assassin
de qualité, étoit inexorable pour le
vol domestique. La petite criminelle,
comme cela arrive ordinairement,
périt par la corde. Dinka demandoit
la mort qu'elle ne put obtenir. Elle
expira de douleur, en se jetant sur le
cadavre de sa sœur.

CHAPITRE XXXII.

Comment Chinki devint Auteur par indignation. Sa fin & celle de ses épouses.

PENDANT tous ces désastres que Chinki ignoroit dans le vallon de Kilam, la langueur de l'agriculture & les réglements bizarres des métiers se représentoient souvent à son esprit. Un matin qu'il étoit désoccupé, il prit la plume, & peignit en traits énergiques les maux qui couloient de ces deux sources. Content de lui-même, comme font assez ordinairement les Auteurs, il voulut l'être davantage. A quoi servent, dit-il, les lumières d'un particulier, si elles n'éclairent pas le public? Mais comment faire? Je retournerai dans la ville Royale, & je publierai mes réflexions: aussi-bien j'aurai la consolation, en même temps, de revoir mes enfants. Hélas! que font-ils à

N 3

préfent ? ne fouffrent-ils point de la mifere qu'ils ont voulu éviter ? ne leur eft-il point arrivé de malheur ? n'ont-ils point oublié leurs parents & la vertu ?

Il fe mit en chemin, arriva & publia fon ouvrage, dont la lecture caufa une fermentation à laquelle il ne s'étoit point attendu. Toutes les maîtrifes, tous les membres du tribunal des arts crierent que c'étoit un libelle contre la terre & le ciel ; qu'il falloit le flétrir, & punir févérement l'Auteur.

Le confiant Chinki n'avoit pas encore eu occafion d'apprendre qu'on avoit grand tort avec bien des gens, quand on s'avifoit d'avoir raifon. Il fut cherché, aifément découvert, car il ne fe cachoit pas, & emprifonné. On travailloit à inftruire fon procès. Un Mandarin à qui tant de chaleur étoit fufpecte, & éclairé par l'ouvrage même, en fit le rapport au Roi ; il y joignit l'hiftoire tragique de la famille de l'accufé. Le Roi voulut voir le malheureux pere. Il étendit fur lui fa main protectrice. Il tâcha de verfer dans fon ame le baume de la compaffion. Il l'éleva au degré de Mandarin honoraire, dont il lui fit prendre l'habit; & il ordonna qu'il feroit entretenu, lui & fes deux époufes, dans la ville Royale, des fonds publics.

Les Rois ne font pas affez puiffants pour rappeller à la joie les cœurs abymés dans l'amertume. Chinki trop inftruit de la terrible cataftrophe de fa famille, ne put fe réfoudre à vivre dans une ville qui en avoit été le théatre. Il reprit pour la derniere fois le chemin de Kilam, où les bontés du Prince le fuivirent. Mais fon ame étoit flétrie. Le dégoût de la vie, ce poifon lent qui en attaque tous les principes, s'empara de lui & de fes époufes. Tous trois infenfibles à tout, excepté aux funeftes images qui les pourfuivoient, ne tarderent pas à s'en délivrer dans le fommeil du tombeau.

Ainfi périt cette famille infortunée, qui depuis huit fiecles s'étoit perpétuée fur le même champ dans le travail, l'aifance & la vertu.

CHAPITRE XXXIII.

Ce qui arriva ensuite dans le Royaume.

LE Roi considéra que la difficulté de vivre par la charrue ou par l'industrie, avoit causé la perte d'une famille précieuse à l'Etat, & que les mêmes causes annonçoient généralement les mêmes effets. Alors ne s'en rapportant plus qu'à sa haute sagesse & aux lumieres bienfaisantes du Mandarin qui présidoit aux Finances, il sentit que le premier besoin de l'Etat étoit que tout le monde pût vivre. Il en vit nettement les moyens dans l'agriculture, les arts & le commerce.

Le tribut *en nature* sur les terres, & *en argent* sur les consommations dans les grandes villes seulement, fut rappellé dans l'administration. Le luxe seul fut imposé pour les besoins extraordinaires de l'Etat.

Tous les biens communs à tous,

tels que la mer , les fleuves & tout ce qu'ils contiennent , la pêche , la chasse , furent rendus à tous , par la loi du Prince & de la nature.

Les territoires ne reconnurent plus d'autres Seigneurs que le Roi , & d'autre justice que la justice Royale : on conserva seulement des noms de terre , des titres qui n'emportoient aucuns droits seigneuriaux. En tout la propriété , la sûreté & la liberté personnelle redevinrent sacrées comme auparavant.

Quant aux arts & métiers , sources du commerce , toutes les maîtrises furent supprimées : il n'y eut plus de Maîtres que les bons ouvriers. On laissa au public le soin de corriger les autres , en rejetant leurs ouvrages. Toutes les formalités , les longueurs , la perte du temps , les vexations intéressées d'apprentissage & de compagnonage disparurent.

On ne distingua plus , pour exercer un art , le sujet sans *qualité* , de celui qui a *qualité* : le fils de Maître, du fils à Maître : l'enfant de la ville, de celui

des champs : l'étranger, du national.
On exempta même l'étranger du droit
d'aubaine ; droit barbare, qui desho-
noroit une Nation policée. On ne
discerna plus la secte de Fo , de celle
de Somonakondom , relativement à
l'industrie. Le Banian partagea aussi
la même protection ; & quiconque
voulut apporter des talents & des richesses dans le Royaume , fut na-
turalisé.

. On supprima les chefs - d'œuvres
comme superflus dans les arts purement méchaniques ; & même onéreux,
puisque les Communautés ne les exigeoient plus , pourvu qu'on les ra-
chetât.

On établit la plus grande liberté
dans les manufactures.

On proscrivit toute amende &
confiscation, parce que la marchandise
se vend toujours à raison de sa qualité. On obligea seulement le fabriquant à tisser sur le bout de chaque
piece qu'il met en vente , son nom &
sa demeure. Le sceau de l'ouvrier sert
à l'accréditer , s'il fait bien ; & à le
décréditer , s'il fait mal.

La loi puniſſoit ſeulement l'ouvrier qui uſurpoit le nom d'un autre; larcin qui méritoit un châtiment rigoureux.

Enfin toutes les Communautés, corporations ou jurandes furent changées en ſimples aſſociations, en forme de recenſement, ſans bleſſer en aucune façon la liberté la plus entiere.

Il n'y eut qu'une légere différence entre l'ancienne inſtitution qui avoit fait fleurir tous les arts, & celle-ci, parce que la poſition actuelle l'exigeoit. Les Communautés dans le ſyſtême pervers qu'on venoit de ſuivre, avoient contracté des dettes qui devenoient éternelles. Il étoit juſte de les acquitter.

La loi ordonna que tout aſpirant qui voudroit exercer, ne le pourroit que ſur un brevet qui lui ſeroit expédié, en payant au Prince un droit modique, fixé au dixieme de ce qu'il en coûtoit auparavant, pour l'amiſſion aux Maîtriſes; & ce droit modique fut deſtiné à éteindre les dettes des Communautés, à rédimer des péages & d'autres droits onéreux au com-

merce ; à creuser des canaux , & à
soutenir des manufactures, ou des Né-
gociants malheureux prêts à tomber.

C'est ainsi que tout reprit vigueur;
agriculture, arts & commerce. Le Roi
jouit long-temps de la prospérité publique , & des bénédictions de son
peuple , digne d'être cité parmi
les grands Princes. Et dans tout le
Royaume, on savoit par cœur l'histoire déplorable de Chinki.

F I N.

d'un évanouissement ; on la porte dans son lit où elle demeure dans une espéce de léthargie.

Reprenez, dit avec fureur, le Vieillard au Messager, ce billet, ces odieux bienfaits : je ne suis qu'un pauvre homme, ajoute-t-il avec les sanglots les plus profonds, mais Mylord ne m'ôtera pas mon honneur ; c'est un bien que je tiens de Dieu, & personne sur la terre, pas même le Roi, ne sçauroit me l'arracher, il faudra que Monseigneur m'assassine, qu'il soit le bourreau de ma fille, & de ma famille entiere, avant que nous renoncions à nos droits, avant que nous brisions des

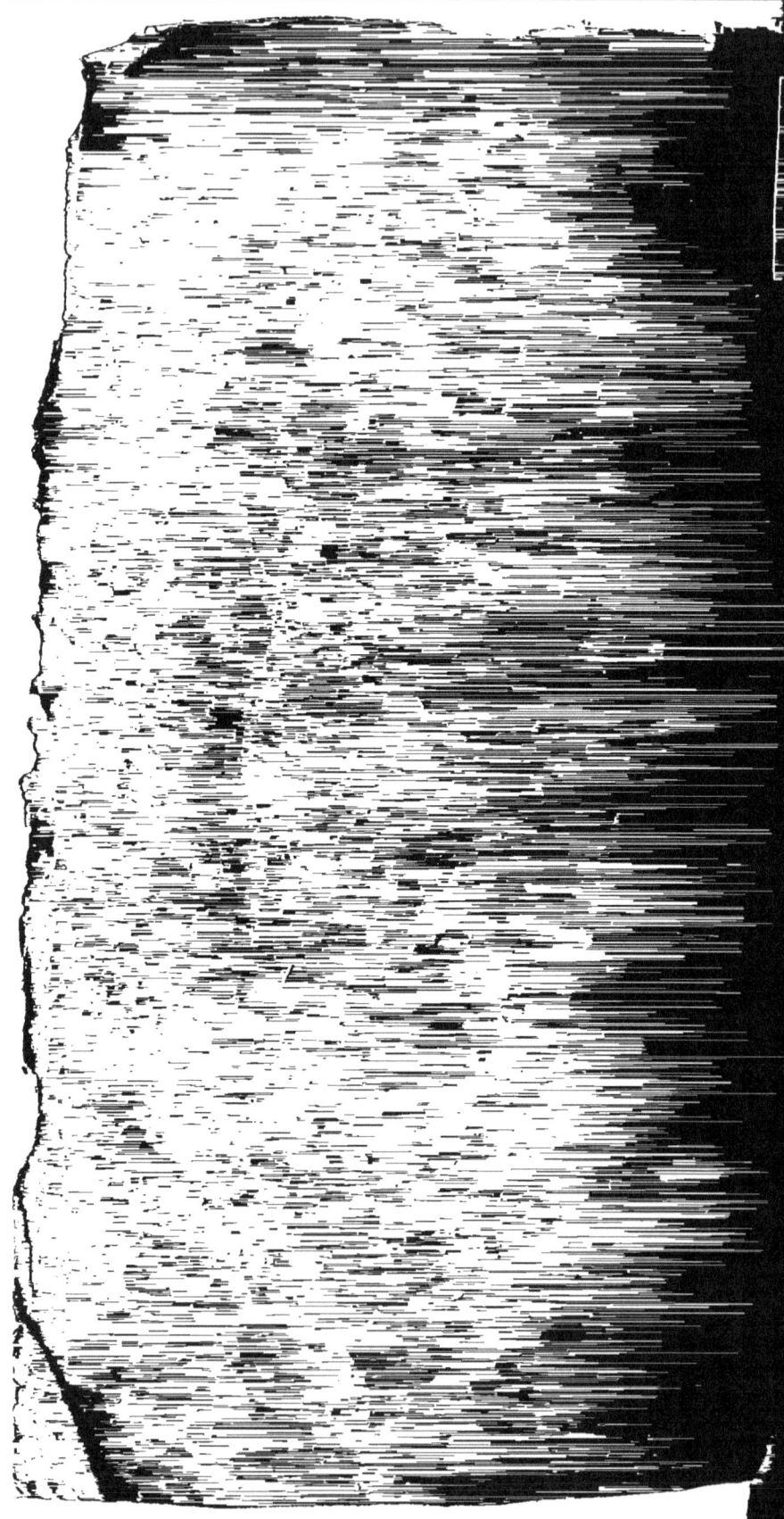